U0520100

如何写惊悚片

by Neill D. Hicks

Writing the Thriller *Film*
The Terror Within

[英] 尼尔·D. 克思 著

陈晓云 翻译策划　　余韬　钟芝红 译

中国友谊出版公司

推荐语

写出有震撼力、惊心动魄的电影剧本只是尼尔·D.克思的其中一项本领。另一项是把那些宝贵经验传授下来并启发有天赋的编剧学徒，让他们学会为全球电影市场构建出鲜活刺激的杰出剧作。

——格洛里亚·斯特恩，《好好写作》作者，
格洛里亚·斯特恩文稿代理公司创始人

这不仅仅是一本写给编剧的书，而是写给所有对惊悚片感兴趣并想了解更多的人。"更多的"不是指情节点、类型公式或运用实例，而是切实地抓住连接观众和故事的线索，并对它进行透彻根本的分析。

——塞布尔·亚克，《剧本》期刊编辑

归根结底，写一部惊悚片可不仅仅是创造九十分钟由疯狂步调和惊险行为构成的经历。克思会在此书中向你论证：令人信服的角色塑造才是成功的惊悚片的关键。这本书会让你意识到写一

部好的惊悚片是一项多么专业的技术。这是一本教你把草稿变成惊险刺激成片的优秀指南。

——BBC 英国广播公司

其他编剧书可能会教你写作的具体细节，但克思会传授给你写作的基本原理，向你阐明电影类型背后的核心驱动力。本书作为"如何写"系列中的优秀作品，不仅绝对值回书价，还会让你忍不住去买另外两本。

——亚历杭德罗·费雷拉，《编剧》杂志

尼尔·D. 克思在本书中做的是弄清楚惊悚片应该在多大程度上利用观众的无意识恐惧。通过既务实又审慎的笔法，克思证明了一部伟大的惊悚片剧本不仅应该有写作技巧，而且还能对强大的心理动力学加以运用。惊悚片需要让观众认识到主人公孤立无援的处境，在这种处境下，主人公不得不舍弃传统的思考和行为方式，直到最终发掘出自己内部压抑的潜力。换言之，通过与自身恐惧的搏斗以及在混沌宇宙里对控制权的追求（无论这个过程多么短暂），主人公历练与提升个人能力，从而达到鼓舞观众的目的。

——丹尼丝·帕伦博，编剧、心理治疗师、作家，
《金色年代》《从内而外的写作》作者

目　录

推荐语 ··································· 1
推荐序 ··································· 6
自序　这不是那种老掉牙的剧作书 ········ 8

第一章　谁编出了那些关于类型的混乱说法？ ········ 1

第二章　类型期待 ························· 7
　　类型间的关联 ························ 12
　　银幕故事类型关联表 ················ 14

第三章　可信赖体系 ······················ 29
　　虚幻的现在 ·························· 31
　　写作练习 ···························· 35

第四章　叙事轨迹 ························ 37
　　攻　击 ······························ 40
　　自卫本能 ···························· 42

悬念营造 ································· 43
　　　行动速度 ································· 46
　　　写作练习 ································· 48

第五章　**有限世界** ······························ 49
　　　基于理性的想象 ··························· 52
　　　茫然与困惑 ······························· 63
　　　迷宫困境 ································· 66
　　　毁坏现实 ································· 74
　　　寻求认同——信仰与理智的对抗 ············· 79
　　　写作练习 ································· 81

第六章　**时间观** ······························· 83
　　　不理智的时间 ····························· 85
　　　安全吗？ ································· 89
　　　写作练习 ································· 94

第七章　**人物气质** ····························· 95
　　　惊悚片的主人公 ··························· 98
　　　惊悚片中的反派 ·························· 108
　　　与被改变的现实搏斗 ······················ 110
　　　背叛——自我的毁灭 ······················ 112
　　　重获新生 ································ 117
　　　揭示邪恶 ································ 120
　　　被改变的世界 ···························· 120

第八章　惊悚片谱系 ················· 123
　　惊悚片的血统 ····················· 124
　　类型谱系 ························· 132
　　外部直觉引起恐惧，有些事尚属未知 ············ 133

第九章　经典惊悚片 ················· 135
　　《西北偏北》故事大纲 ················· 139

结　语 ······························ 143
附录一　参考影片 ······················ 146
附录二　参考影片剧本版权说明 ············· 152
关于作者 ···························· 153
出版后记 ···························· 155

推荐序

一部影片的成功要看多大程度上能让观众一眼认出主人公（通常也要认出反派），同时也应让坐在影院里的观众在银幕上不自觉地看见自己的影子——这当然不是让观众在银幕上真的看见自己的样子，而是看到对他们内心深处的投射，以及那些人人都必须解决的永恒的心理问题。

正如尼尔·D.克思所明确的那样：

- 成功的浪漫喜剧片会让所有观众都想赢得理想爱人的芳心。
- 动作冒险片赢得观众们的喜爱，是因为它能令我们每个人假想式地战胜在生活中欺负我们的那些人。
- 惊悚片最能抓牢观众、与之共情的地方在于，主人公由最初的害怕到后来能够抵抗那些原始恐惧的成长过程。

许许多多的剧本专家都在剧作书中提出了新的理念和想法，而尼尔在这本书里则阐述了编剧该如何利用好观众的潜在心理动力，透过表面创作技巧向下深挖，使其心理根基更扎实，从而创作出有力量的剧本。本书专注于对惊悚片的讨论。原本无辜的主人公发现自己的生活正处于危险之中，他在某一时刻突然被原本的生活圈子孤立（事实上可以说背叛）了。此刻完全孤立无援的他在第三幕[①]又发掘——或创造出了——自身原本不被觉察的新能力，可能是力量、天赋或非凡的道德决心。如果编剧能成功地完成创作，那么在两个小时的电影结束之后，不仅主人公会成长为超人一般的存在，观众也会发生和主人公一样的转变。主人公将成为观众的潜在代言人。站在角色立场上，主人公的行为将被理解，包括出于自卫目的的杀戮。

简单地说，通过对主人公的认同过程，每一位观众都从一个有点自私自利的冲突逃避者转变成一个果断的、有力量面对各种困难和死亡威胁的强人。尼尔把这称作"一种急剧上升的警觉性"和一种自我能力的极大强化。如果一切都起到作用了，那么至少有这一刻，观众们会抛下自己原本的身份，抛下曾经的不成熟，改变自己的感知经验，以便能够应对原始恐惧的威胁。在尼尔对惊悚片这一类型电影的分析中，惊悚片就如同希腊戏剧中的"卡塔西斯"[②]，由此为大众提供了一种独特的集体心理治疗形式。

马丁·布林德

加州大学旧金山分校临床精神病学教授

[①] 三幕式结构中的第三幕。——译注
[②] 卡塔西斯（catharsis）意为"宣泄"或"净化"。——编注

自序
这不是那种老掉牙的剧作书

惊悚片编剧的首要任务是为观众制造恐惧,不是恐怖片那种吓得人发昏的恐惧,也不是个人探索类影片那种焦虑的恐惧,而是一种会让观众走出电影院重返现实世界后仍草木皆兵的精神上的紧张感。他们会不时地朝身后瞟上一眼,下意识地对周边的未知事物感到害怕,他们日常生活的"现实"(reality)因受到了电影的冲击而变得混乱。

当然,"现实"一词在不同语境下会构成不同的意义,因此本书探索了关于"现实"的几个不同层面,而惊悚片正是通过混合使用这几个层面的内容来为观众制造恐惧的。

首先,第一层"现实"指构成我们日常经验的外部现实世界。这层现实包括交通、账单、工作等我们生活中习以为常的东西。当观众走进电影院时,他们希望能暂时从这层现实中解脱出来,但同时他们也意识到永远不可能完全逃离此种根深蒂固的现实体验。

第二层"现实"指编剧在故事里创造的虚构现实。这是一种虚假的现实,为了讲述某个特定故事而建构的幻象。但编剧必须努力地将这个虚拟的宇宙装点得和真实现实一样。

以上两层现实汇聚在一起构成了第三层"现实":惊悚片中主人公感知的现实。这层现实存在于主人公的思维里,由技巧高超的编剧们创造的神秘力量,将观众脑海中对影院外现实世界的认知,转化成一种萦绕在他们心头、即使电影结束都久久不能散去的不祥之感。

为了研究惊悚片的复杂现实构成,本书在结构上跟本人之前的两本著作《编剧的核心技巧》(*Screenwriting 101: The Essential Craft of Feature Film Writing*)、《如何写动作冒险片》(*Writing the Action-Adventure Film: The Moment of Truth*)[①]有所不同。许多关于电影剧作结构、角色设计等方面的基础知识在本书中并没有提及,因为这些内容在另外两本书中已经详尽地涉及。相比之下,本书专攻"隐藏壁垒"。通常在欣赏一座宏伟的中世纪教堂时,人们往往会惊叹于迷人的穹顶,但对于惊悚片的故事来说,让观众意识到支撑四壁的飞拱结构则是编剧的大忌。因此,本书重在讲解如何建立故事的**可信赖体系**(Cosmos of Credibility),即那些看似不起眼,实际却对剧本起到重要作用的元素。为了做到这一点,本书追溯了定义此类型共性的主题和元素,并引用了一些经典的剧作以作说明,这些经典电影包括《西北偏北》(*North by Northwest*)、《霹雳钻》(*Marathon Man*)和《秃鹰七十二小时》(*Three Days of the Condor*)——它们都是相对容易从剧本中提取基本元素的电影。

---

① 两本书均已由后浪出版公司出版。——编注

关于所引用剧本的说明

虽然我很努力地让所引用的剧本保持原貌，但在一些情况下，为了节约篇幅或帮助读者理解所引内容的语境，不得不做一些适当的调整。

剧作风格是高度个人化的，所以文中所引的例子都不应该被单纯视为可模仿的范本。事实上，剧本写作的方式也在随着时代改变。比如：

> **外景　联合国总部　白天**
> 从北边高角度拍摄的大全景里，联合国会议大楼处于画面的前景，高于它的是由大理石和玻璃筑成的39层高的联合国秘书处大楼，背景处是东河和布鲁克林区的天际线。在画面的最右端，一辆出租车开进来，停在联合国会议大楼门前的管制区域内。

以上是欧内斯特·莱曼的剧本《西北偏北》中的一个镜头描述，这种风格的文字在今天的剧本中再也不会出现了。大量的细节，更不用说那些复杂的方位指示，都已经不再被需要。尽管如此，莱曼的《西北偏北》仍然被认为是迄今为止结构最完美的电影剧本之一。

这也许会发生在我身上

惊悚片应该是让人不安的。它应该破坏你已经习以为常的日常现实，让你有所戒备、产生警觉。这也是本书的目的。

第一章

谁编出了那些
关于类型的混乱说法?

如果你曾经为了找到一部特定的电影而濒临崩溃——在本地影碟出租店里艰难地寻找，甚至在 IMDb（互联网电影资料库）上试图通过片子的类型来定位，你就会明白缺乏明确标准的电影分类是多么令人恼火的事。以电影《本能》（*Basic Instinct*）为例，它可以被归类为推理片、犯罪片、惊悚片、恐怖片，甚至动作片，类型的归属完全取决于那个给它分类的人，这会造成困惑。Blockbuster（百视达）、Hollywood Video（好莱坞视频，又称 Hollywood Entertainment Corp）和所有其他零售分销商从事的是电影租赁与出售业务，而不是对电影的批判性分析。为了准确登记电影，他们会专门培训一名员工，让他根据电影的特定元素来完成影片的归类。当然，即便商业市场愿意投入必要的资源来建立一个分类系统，顾客也得学习如何使用这个复杂的系统，否则它根本就不管用。

从更广泛的商业角度来说，各种电影类型（诸如动作冒险片、惊悚片、恐怖片等）只有结合它们的使用语境才能确定其类型的意义。但是，对于普通观众而言，用准确的标签来识别一部特定电影可能并不重要。观众被一个精心设计的故事感动得或笑，或哭，或愤怒地惊声尖叫，或恐惧得肩膀发抖——这才是重要的。然而，由于电影行业内部（尤其是制片厂的宣传部门）对类型的误读如此之大，以至于用来定义的术语变成了空洞的表述与松散的行话，使得每个人都可以从各自需要的角度解释它。"嘿，我们在做一个硬汉群像的故事，从历险情节发展为心理恐怖，你知道的。"这句话以模糊的思维和空洞的语言为出发点，难怪我们现在的电影银幕上总是充斥着聒噪混乱的故事。

> 关于我们的一切！
> ——NBC 电视台周六早间一档节目的标题

倘若电影类型的真实意义被搞模糊了，那是因为电影和阿谀奉承的电视媒体都在如饥似渴地吸金。它们为我们提供了更多没有实质内容支撑的耀眼的诱惑，直到观众对正在看的电影属于什么类型失去概念。甚至连电影人自己也已经接受了由"格雷欣法则"① 掌握的流行性娱乐标准。越来越多毫无逻辑的故事涌现在市场上，不断电击观众那早已被过度刺激的神经。比起对抗个人脆弱带来的恐惧，如今的电影更多的是用眼花缭乱的虚假危险来麻痹观众。很快，这些被麻醉了的观众就需要加量的电压来刺激他

---

① "格雷欣法则"（Gresham's Law）的含义是劣币驱逐良币——一个经济学原理，即劣币膨胀迅速破坏储存货币的价值，由托马斯·格雷欣爵士（Thomas Gresham，1519—1579）提出，他是伦敦证券交易所的创始人。

们哒哒作响的神经突触，直到最终被彻底击晕。"好的，让我们，呃，再来一遍。管它呢。"

然而，观众很难对自身这种不间断刺激的渴望负全责。从我们傻乎乎地盯着电视节目的第一眼起，我们的意识就已经铆足了劲儿，我们的不安全感被抚慰，我们的想象得到还原，甚至有些我们以前从没想过的愿望也被电视满足了。流行文化自身已经变成了一种催眠的低语。没有它，我们就无法与日益脆弱和残酷的人类社会抗衡。

同样，这个黑锅也不应该完全由电影来背。尽管一些评论家会把责任归咎于好莱坞电影，但电影本身并非文化的缔造者或毁灭者，它们只是简单、纯粹的娱乐而已。相比起"发明"，好莱坞所做的更像"发掘"工作——电影扮演着追赶周围环境的角色，就像折射出公众心理的回声。当然，还是有一些十分优秀的影片，它们不仅仅是简单仿制社会现实的文化产品库，而且会以某种方式概括出一个令集体意识反弹的事实。相反，一些最糟糕的作品缺乏作者化视野和创造的勇气，仅仅是现实的回声且落后于文化，沦为吸引眼球、转移注意的平庸之物。

另一方面，不能仅仅因为电影是娱乐媒介，或者观众的观影目的是找乐子，就去否定电影所扮演的更重要的社会角色。电影应该不仅仅限于表达纯粹的粗俗。即使电影从未突破大众品味的极限，但它仍然可以通过勤勉认真的创作者的作品来变得更丰富、更纯洁、更具表现力。

电影编剧是我们文化赞歌的作词人。因此，他们必须用精巧编织的故事来吸引观众，而不能投机取巧、哗众取宠。编剧所要编织的，就是为磨难赋予意义，贬损一切不道德的罪恶，歌颂与生俱来的天赋，也在人性的弱点中寻找小小的欢喜，以及活在当下的勇气。

第二章

类型期待

具有讽刺意味的是，一个优秀的故事讲述者是通过玩弄语言来建立和观众之间的信任关系的。这种信任关系依赖于将虚构的内容保持在特定类型的边界之内：特定的叙事体系、独特的角色、特别的语境。这些惯例让观众从中找到一片"安全地带"，从而可以放松地踏上编剧为他们创造的陌生旅程。

事实上，"类型电影"的概念才出现没多久。这些所谓的"类型电影"之前都被笼统地称作"B级片"，甚至它们仅仅意味着廉价的银幕凑数电影——通常指恐怖片或侦探片。在当时，你只要知道自己是去看一部"恐怖"电影，就足以建立相应的元素期待了。然而，后来的电影开始越来越多地跨类型挪用元素，观众的期待视野也变得混乱起来。一开始，这些类型杂糅的电影还只是一种开发电影戏剧性的形式。为了吸引更多的潜在观众，一部青少年电影会混合着恐怖电影的元素。正如社会的复杂性会在发展过程中不断增加，电影也一样。最终就出现了像《无因的反叛》(Rebel Without a Cause)这样的电影，它从无病呻吟的青少年电影中提取了穿紧身衣的女孩与开着改装车的男孩作为表面元素，同时又从舞台剧式撕裂的情感中汲取力量，最终融合成一个新的故事。

故事的轮廓很快变得模糊。如果飙车追逐在动作片中是一个好桥段，那为什么不把它加到一个讲述心理崩溃的故事里去呢？观众喜欢看坏家伙被钉在教堂的尖顶上，那我们也把它放进一个喜剧故事里吧。没有人不喜欢看性爱场面，所以我们也要将之大量地塞进越狱情节中，即使我们不得不用到撬棍。

自然，关于类型的学术假说并不少，但几乎所有博学的研究路径都可以归为两类：电影理论和社会哲学。

在学术界，对电影类型的讨论往往倾向于依赖一种不切实际的观念——电影和文学一样都是既成事实。因此，类型电影的课程通常会在英语文学专业和电影学专业交叉开设。一般来说，这些理论批评课程只按照影片主题对类型进行松散地定义，诸如西部片、黑帮片、歌舞片等，或是根据显而易见的表面特点进行归类，诸如动作片或幽默片等。有时，整个课程会因为讲师以自己喜欢的演员和导演为依据，而错误地划分类型。

与此同时，学术出版物则将电影理论研究拓宽到社会评论的领域。譬如，在马歇尔·麦克卢汉[1]之前最具影响力的流行文化分析家之一——罗伯特·沃肖[2]，就将西部类型片和黑帮类型片作为社会戏剧（societal dramas）来分析。到了20世纪60年代后期，符号学——

---

[1] MARSHALL MCLUHAN. Understanding Media: The Extensions of Man[M]. McGraw-Hill, 1964.
[2] ROBERT WARSHOW. The Immediate Experience: Movies, Comics, Theatre and Other Aspects of Popular Culture[M]. Simon&Schuster, 1970.

这种新的大众文化分析领域成了研究大众媒体作为公共价值指标的主要途径。作为语言学的分支，符号学"旨在分析任何符号系统，包括其全部内容、范围、图像、动作、乐音、对象，以及以上所有之间的复杂关联，它们构成了仪式的内容、惯例或公共娱乐……"①

电影类型已经从多个角度被充分地研究了。然而，学者和社会评论家对电影类型的所有理论，虽然本身很有趣，但以一种对编剧有用的系统方式对电影类型进行分类的原则来看，却收效甚微。当你进行实际剧本创作时，会发现对类型进行分类的理论都是如此的死板且混乱，更别提其中混杂着的亚类型分类、过于挑剔的社会文化视角和单纯的个人偏见。

然而，编剧、导演以及电影公司老板没有彻底放弃制作原汁原味的类型电影。因为只有通过研究类型的惯例，电影团队的创意成员才能得出一个真正以观众视角为中心的创作思路，也只有这样，制片人才能收获信息充足的映后评价。

> 要么做，要么不做，没有所谓"试一试"。
> ——尤达大师（电影《星球大战》中的角色）

写剧本在某种意义上与传教类似——从业者们在没有扎实基础或专业技能的情况下，坚定地相信仅凭灵感就能孕育成功。然而，不管编剧多么真挚迫切，优秀的剧本不应该是编剧宣泄情感

---

① ROLAND BARTHES. Elements of Semiology[M].Jonathan Cape, 1967.

的产物。写作也是一种劳动。经过上千页的剧本撰写后，编剧会习得一种"职业本能"，这种职业本能让他对构成一个好故事的每处细节、笔下每个人物的需求都极其敏锐，并且时刻保持警惕，确保故事一直能吸引着观众的注意力。

同样地，观众对特定电影类型所包含的文本元素也会有先入为主的期待。尽管如此，他们必须被说服放弃对日常现实的依赖和谨慎，这样才能融入戏剧性的电影世界。为了取得他们对电影世界的信任，编剧承诺会把故事控制在类型范围之内，即建立一个让观众可以暂时接受的模拟现实。这个**可信赖体系**由**叙事轨迹**（Narrative Trajectory）、**有限世界**（Bounded World）、**时间观**（Timescape）①、**人物气质**（Character Ethos）构成，以上每项在特定类型的电影中都要保持一致。

一旦一致性被打破，可信赖体系破裂，观众失去的将不仅仅是对电影中模拟现实世界的信任，还会失去对叙事者的信任。虽说有规则存在，但并不意味着电影的表现元素要被其类型严格束缚。某些类型可能会与其他类型共享一些特征。譬如，随处可见的飙车追逐戏就可能发生在任何类型的电影里。尽管比起一些动作元素较少的电影，飙车追逐戏当然更适合出现在动作冒险片、惊悚片、侦探片甚至恐怖片中。即使如此，追车的概念并不囿于任何特定类型的电影。

---

① 在作者的另一本书《如何写动作冒险片》中，这一概念被表述为"真实时间"（Plausible Moment）。——编注

🖉 类型间的关联

显而易见，电影之间可共用同一桥段的特性，是电影难以被明确归类的原因。因此，为了建立一个可供编剧所用的类型分类体系，必须以各类型独一无二、不易改变的特质为分类准则，而不是以可共用的内容为分类准则。否则，我们甚至可以谈论"追车"类型和"猪猪"类型——毕竟有追车戏或有猪出现的电影可真不少。有时，表面上看起来好像属于同一类型的影片，事实上它们彼此并没有太多的相似处。比如，《星球大战》《异形》（*Alien*）《黑客帝国》（*The Matrix*）甚至《第六感》（*The Sixth Sense*）都可以被称作科幻片，但它们从各个方面来说其实是完全不同的电影。很快，把大杂烩式随意分类的类型排好顺序后，你就会明白——除了学者和理论家之外，这种所谓的分类是在浪费所有人的时间。

反倒是，我在《编剧的核心技巧》一书中提出了一个分析性概念，叫作"银幕故事类型关联表"。"银幕故事类型关联表"所划分的十种电影类型是从**情节的深层差异、人物动机**和**时空限制**三方面出发的。其分类依据是支撑起一部电影的内在结构，而不是直接可见的表面特征。当然，任何一种类型都可能与它邻近类型甚至关系较远的类型共享一些表面特征，类型与类型之间也许不是百分百区分得开的，但"银幕故事类型关联表"仍是指导编剧和制片人获取观众信任的非常有用的工具。

银幕故事类型关联表

增加个人的危难，也就等于增加在社会上的重要性

充实地生活着的意愿	内心的痛苦	诸多欧洲电影；英格玛·伯格曼的早期影片。
	核心冲突	《普通人》《母女情深》《温柔的怜悯》《钢木兰》《马文的房间》等。
	滑稽喜剧	《摩登时代》《将军号》《育婴奇谭》《一笼傻鸟》《尽善尽美》等。
	童话故事	《风月俏佳人》《钢琴课》《心灵捕手》《泰坦尼克号》《红磨坊》等。
	个人探索	《死囚漫步》《机智问答》《肖申克的救赎》等。
存活下去的意愿	侦探	《七宗罪》《马耳他之鹰》《唐人街》《非常嫌疑犯》《沉默的羔羊》等。
	恐怖	《吵闹鬼》《科学怪人》《惊情四百年》《黑色星期五》《月光光心慌慌》等。
	惊悚	《西北偏北》《秃鹰七十二小时》《异形》《悍将奇兵》等。
死亡的意愿	动作冒险	《勇敢的心》《角斗士》《星球大战》《纳瓦隆大炮》《拯救大兵瑞恩》等。
	形而上的反抗	《罪与错》《莫扎特传》等。

银幕故事类型关联表

- ✓ **"内心的痛苦"类型**　　如诸多欧洲影片,以及英格玛·伯格曼的早期影片。

- ☐ **叙事轨迹**:这类故事通过对真实存在的或想象的罪恶进行救赎,人物完成自我启示。事件主要集中于人物内心,因此外部情节薄弱。故事的叙事轨迹和人物一样飘忽不定,观众很难预见故事的结局。

- ☐ **有限世界**:因为故事往往是静态的,它通常发生在一个封闭空间或小地方,陷入内心困境的主人公被困在那里。

- ☐ **时间观**:这类故事的持续时间非常短,但它强烈地展示了人物一生的痛苦。

- ☐ **人物气质**:人物具有存在主义的属性,被自我怀疑所折磨。

- ✓ **"核心冲突"类型**　　如《普通人》(*Ordinary People*)、《母女情深》(*Terms of Endearment*)、《温柔的怜悯》(*Tender Mercies*)、《钢木兰》(*Steel Magnolias*)、《马文的房间》(*Marvin's Room*)、《不伦之恋》(*In the Bedroom*)。

- ☐ **叙事轨迹**：通常，关系疏离的家庭成员们被卷入一场敏感的情感事件（比如葬礼），借此机会揭开并治疗旧伤疤。

- ☐ **有限世界**：人物聚集在一个不能逃离的封闭场所中，逼仄的空间迫使他们不得不处理彼此之间的争执。这些表现人物生活矛盾冲突的电影往往借鉴自传统的舞台戏剧，故事一般发生在单一空间内，有时仅为一个房间。

- ☐ **时间观**：冲突的强度往往持续一小段时间，比如一个星期或两三天，因为紧张情绪是陡然爆发的，需要人物迅速地处理矛盾冲突。

- ☐ **人物气质**：这些人物可能是电影中最脆弱、最易受伤和维度最丰富的，并且也是最具有人性的，因为他们的冲突和普通观众所经历过的挣扎最为相似。

- ✓ **"滑稽喜剧"类型**　　如《摩登时代》(Modern Times)、《将军号》(The General)、《育婴奇谭》(Bringing Up Baby)、《一笼傻鸟》(La Cage Aux Folles)、《窈窕淑男》(Tootsie)、《尽善尽美》(As Good as it Gets)、《倾听女人心》(What Women Want)。

- ☐ **叙事轨迹**：滑稽喜剧的观照对象是行为像孩童般的成年人。这一类型常被错误地归纳为"人物因缺乏理性而干出一些蠢事"。其实，这类故事里的人物只是被一个没见识过的、令人眼花缭乱的、迷幻般的世界吓坏了。

- ☐ **有限世界**：喜剧电影的世界就像一块巨大的香蕉皮，充满着震惊和夸张，到处都是巧妙的事物和不靠谱的人。

- ☐ **时间观**：由于这种故事太过夸张，观众知道喜剧中的非现实世界不会永远存在，因而故事时间也是强烈且短暂的。

- ☐ **人物气质**：喜剧的人物是电影中最虚无的人。他们可以逃离电影所设定的喧闹世界中的一切。不过在观众看来，他们仍要为自己所做的事负道德责任。

- ✓ **"童话故事"类型**　　如《风月俏佳人》(*Pretty Woman*)、《钢琴课》(*The Piano*)、《理智与情感》(*Sense and Sensibility*)、《心灵捕手》(*Good Will Hunting*)、《泰坦尼克号》(*Titanic*)、《红磨坊》(*Moulin Rouge!*)。

- ☐ **叙事轨迹**：童话故事中的主人公屈从于更有地位的人物，如固守传统的家长，但他们必须从这种情感束缚中解脱出来。

- ☐ **有限世界**：故事发生的实际空间与主人公的情感和精神世界一样倍受约束，如正在沉没的船、野外的小村庄或荒凉的岛屿。

- ☐ **时间观**：故事的时间往往由人物掌控，因为人物需要决定是否要为自己而活。

- ☐ **人物气质**：童话故事中的人物层次相对单一，属于象征性人物，黑白分明。

- ✓ **"个人探索"类型**　　如《机智问答》(*Quiz Show*)、《烈火战车》(*Chariots of Fire*)、《死囚漫步》(*Dead Man Walking*)、《肖申克的救赎》(*The Shawshank Redemption*)、《荒岛余生》(*Cast Away*)、《美丽心灵》(*A Beautiful Mind*)。

- ☐ **叙事轨迹**：由于一个亟待解决的道德危机，主人公必须马上采取行动来明确或达成某种个人品质，如正直、诚实等。

- ☐ **有限世界**：故事一般发生在受限的场所内，如监狱或医院；也可能发生在仅凭主人公一己之力无法掌控的地方，如军队、运动队或企业。

- ☐ **时间观**：主人公可能需要花上几个星期或几个月的时间来完成他的个人探索，最后总会有一个终极大事件考验主人公的品质。

- ☐ **人物气质**：这类人物在相对道德和绝对道德之间挣扎，以确定诚实善良的价值。

- ✓ **"侦探"类型**　　如《唐人街》(*Chinatown*)、《马耳他之鹰》(*The Maltese Falcon*)、《非常嫌疑犯》(*The Usual Suspects*)、《七宗罪》(*Se7en*)、《沉默的羔羊》(*The Silence of the Lambs*)。

- ☐ **叙事轨迹**：在文明的背面，侦探试图使已经病入膏肓的社会重获安宁。

- ☐ **有限世界**：警探或民间侦探在一座衰败、阴暗、满地狼藉的都市里巡查。

- ☐ **时间观**：故事的时间模糊不清，既不是白天，也不是晚上，就像醉汉眼中的世界一样朦胧暧昧。

- ☐ **人物气质**：侦探善于思考，在世界的阴暗面中追寻事物的真相，属于智慧型而非动作型人物。

- ✓ **"恐怖"类型**　　如《科学怪人》(*Frankenstein*)、《惊情四百年》(*Dracula*)、《黑色星期五》(*Friday the 13th*)、《月光光心慌慌》(*Halloween*)、《吵闹鬼》(*Poltergeist*)、《天外魔花》(*Invasion of the Body Snatchers*)。

- ☐ **叙事轨迹**：超自然怪物压倒性地制服人类受害者。为了生存，人类必须找到怪物的弱点。

- ☐ **有限世界**：恐怖故事发生在一个得不到任何外界援助的地方。那是一个扭曲的世界，布满密道和未知的壁龛。

- ☐ **时间观**：因为故事情境必须保持孤立，因此激烈的行动所持续的时间非常短，通常是二十四小时，甚至更短。

- ☐ **人物气质**：人物是极为脆弱但却足智多谋的普通人，在与凶残的魔鬼战斗时，代表着人类精神最美好的一面。

- ✓ **"惊悚"类型**　　如《秃鹰七十二小时》、《西北偏北》、《异形》、《悍将奇兵》(*Breakdown*)、《双面女郎》(*Single White Female*)。

- ☐ **叙事轨迹**：观众对主人公的求生欲产生强烈共情，从而认识到深藏在自己心中的恐惧。

- ☐ **有限世界**：主人公被困在孤立无援的环境中，这种环境是观众内心对被遗弃的恐惧的具象延伸。

- ☐ **时间观**：为了保证故事的可信度，得不到外界援助的绝对孤立状态需要一个短暂且紧张的时间线。

- ☐ **人物气质**：无辜的主人公被卷入一个越来越大的阴谋之中，并且发现只有依靠自己才能活下来。他需要在邪恶势力造成更大的破坏之前将其揭发。

> ✓ **"动作冒险"类型**　　如所有的西部片、战争片和警匪片；《勇敢的心》(*Braveheart*)、《星球大战》、《纳瓦隆大炮》(*The Guns of Navarone*)、《空中监狱》(*Con Air*)、《拯救大兵瑞恩》(*Saving Private Ryan*)、《角斗士》(*Gladiator*)。
>
> ☐ **叙事轨迹**：主人公自愿接受一项不可能的任务，他需要从敌方围攻中拯救社会，并且愿意为一种社会公认的荣耀献出生命。
>
> ☐ **有限世界**：故事发生的环境是开放的，便于动作场面的展开，并且超出观众的日常体验。
>
> ☐ **时间观**：通常需要花上几个星期、几个月甚至几年时间才能建立起的这种一触即发的战势格局，必须采取果断行动来打破。
>
> ☐ **人物气质**：主人公在紧要关头愿意为某种信条、准则、社会和价值牺牲自我，他将与道德立场截然不同的反派决一死战。

> ✓ **"形而上的反抗"类型**　　如《罪与错》(Crimes and Misdemeanors)、《莫扎特传》(Amadeus)。
>
> ☐ **叙事轨迹**：主人公通过挑战捉弄人的万能的主的权威获得名声与不朽灵魂。
>
> ☐ **有限世界**：在充斥着名利陷阱的复杂场景中，人物达到上帝一般的境界。
>
> ☐ **时间观**：主人公逐渐认识到他的挣扎是对神的反抗。
>
> ☐ **人物气质**：人物充满智慧、成就斐然，但不曾经受道德的考验，他们是为自己的理念而向不合理、不公正的上帝发起斗争。

　　银幕故事类型关联表（见第 13 页）除了提供电影分类的方法，还按照特定的顺序从上到下对类型进行排列。从人物与自己纠缠的"内心的痛苦"类型开始，到为数不多的直接向万能上帝发起挑战的"形而上的反抗"类型结束。关联表中的类型顺序依照三个方面进行排列，即主人公为了解决困境采取了怎样的行动，主人公的行动如何改变了电影中的社会，以及主人公的行动对观众产生了怎样的影响。

从上到下的递增顺序，表明电影中主人公的行动对社会产生的影响逐渐增大，主人公的行动与自己遭受致命威胁的程度成正比。也就是说，故事里主人公死亡的可能性越大，那么主人公身边置于危险中的人就越多，危险甚至蔓延至整个文化体系和社会生活。如果卢克·天行者没有毁灭死星，不仅他会死，整个反抗军都极有可能被毁灭。如果是在朱莉娅·罗伯茨演的电影里，好像她结不结婚便和国家会不会陷入邪恶霸主的统治没那么大关系了。

银幕故事类型关联表的第一部分包括"内心的痛苦""核心冲突""滑稽喜剧""童话故事"和"个人探索"五种类型。它们的主人公都有一个基本目标，即通过某种方式来追求更完整、更丰富饱满的人生。比如，目前最盛行的电影类型之一，便是"童话故事"类型。这一类型的代表作是《泰坦尼克号》。确切地说，作为有史以来最成功的商业电影[①]，《泰坦尼克号》之所以获得如此瞩目的成就，部分归功于其故事情节简单、明了、不复杂。电影中所有人物都黑白分明。尽管重大的悲剧性事件构成了《泰坦尼克号》的背景，然而，年轻男女命中注定的爱情故事才是它风靡世界的秘诀。我们认可这个爱情故事，因为它可以为我们自己那些消逝的爱情赋予某种合情合理的意义。这种优雅的简洁（以及其他许多元素）也存在于《风月俏佳人》《心灵捕手》《红磨坊》等众多成

---

① 本书初版于 2002 年，故相关评价截止于出版前。——编注

功的电影中，它们都可以被归入"童话故事"类型。

这些简单的故事有着几乎完全相同的结构、人物和背景元素。可能会出现一部电影——没有其他"童话故事"类型的常用元素，只讲述两个人在一条即将倾覆的船上相爱的故事，可是它就不属于童话故事的类型。譬如，《非洲女王号》(The African Queen)的两位主人公在一艘破旧游艇上产生爱情，但它显然是一部"动作冒险"类型的电影，而非"童话故事"类型。[①]

区别在于《泰坦尼克号》中，杰克和露丝这对恋人的行为是否对他们的故事发展、他们所处的社会以及观众的真实生活产生了影响。当然我们可以肯定的是，他们影响了露丝的未婚夫和露丝的母亲，但是这些人物即将被远超露丝影响力以外的灾难事件所左右。而事实是，杰克和露丝之间的爱情并没有对周遭的社会造成任何改变。他们的行为对社会制度、国际事件毫无作用，也没有在更大的范围对别人产生影响。

因此，即便这个故事的情感对观众造成了显著的影响，但观众不会认为主人公的行为与社会变化间有任何联系。而且，主人公所承担的风险也相对较小。在《泰坦尼克号》中，这对恋人的主要目标是完善他们过往的生活，让自己获得更多的欢愉，饱含激情地活着。尽管他们的冒险会带来情感上的起伏和惊险，但不会直接造成致命的后果。如果爱情夭折，主人公必然会难过，但

---

① 关于《非洲女王号》更完整的讨论，见《如何写动作冒险片》一书。——编注

没人希望在这个过程中丧命。虽然在《泰坦尼克号》中杰克的确死了,但他和船上的其他人一样没有预料到事故的发生,而且他的死与人为的阴谋无关。

各种类型片中所塑造的多样化的人物和主题,是由电影逼真氛围的细节组成的。如果这些组成部分安排得当,观众就会在不知不觉间相信这部电影最终会值得他们观看所花费的时间。当然,这并不意味着特定类型中的每个故事都是雷同的,更不用说是可预测的。只不过是因为故事讲多了,总会对观众的兴趣点把握得八九不离十。

如果编剧创作的故事情节不靠谱,不恰当的剧情元素牵强地在不同电影类型中转换,那么就会引起观众的质疑。以《凶手就在门外》(Copycat)为例,我们首先假设它是一部惊悚片。西戈尼·韦弗饰演研究连环杀人案的心理学家,但却因受到惊吓而罹患开放空间恐惧症,不敢走出家门一步。连环杀手通过她与外界的唯一联系——她的电脑——对她进行威胁恐吓。作为一部惊悚片,这种设定提供了很好的故事可能性。主人公陷入危险、孤立无援的境地,如果想活命,她就必须克服自己内心的恐惧。这部片子与另一部非常成功的舞台剧及其改编电影——《盲女惊魂记》(Wait Until Dark)有很多类似之处。《盲女惊魂记》里奥黛丽·赫本饰演了一个被杀手困在公寓里的盲女。然而,《凶手就在门外》没有严格遵守惊悚片的程式,故事设置了一个拯救西戈尼·韦弗的外部营救者(霍利·亨特饰演的强硬女警),破坏了影片与观众建立起来的信任契约。生硬的警察介入让观众产生疑惑：他们在看的到底是惊悚片，还是动作冒险片？

银幕故事类型关联表的中间部分包括"侦探片""恐怖片"与"惊悚片"。虽然这些类型之间共享某些元素，但它们仍然是不同的类型，包含着追求不同目标的主人公。这些类型之间最显著的共同点在于，主人公最终都会面临生存意愿的抉择。

惊悚片是关于在毫无准备时突然遭受生命威胁的普通人的故事。千钧一发之际，筋疲力尽、孤立无援的主人公能爆发出那股维持生命的力量吗？

第三章

可信赖体系

在所有所谓的流行电影类型中，也就是因有最多观众买单而使电影制片厂最有可能投资的类型片中，惊悚片剧本是最难创作的一类。动作冒险片和种类繁多的喜剧片在观众"自愿终止怀疑"方面拥有极大的宽容度，惊悚片的成功却几乎完全依赖于电影人的能力，他们需要使观众产生像在观看纪录片一样的真实感，并且令观众完全放弃对现实世界的依赖。

我们期望从电影制造的假象中得到娱乐，同时期望故事符合我们对真实世界的理解，这个想法听起来似乎很奇怪。许多编剧知道，对于完全天马行空的幻想，观众是不买账的。电影要被推销出去，就意味着观众必须或被引导、或被强迫、或因惊吓而全神贯注地参与到银幕的虚构世界里。在这方面，电影与其他致力于在受众脑海中创造画面的叙述形式没有本质不同，就像听众随时乐意搭上诗人、说书人与歌手驾驶着的富有想象力且令人着迷的"顺风车"一样。区别在于与电影相比，文学、舞蹈甚至音乐的体验是相对静默的。在现场演出过程中，外围环境会持续不断地包围在你我身边。演出开始时敲响的钟声令你我与现实隔离，自愿终止怀疑，这是一回事；而被超越现实的电影艺术诱惑乃至终止怀疑,则是另一回事。电影的咒语诱导我们放弃那些本能的抵抗,进入不受常识桎梏的虚幻世界。

虚幻的现在

许多哲学家和电影理论家试图阐述电影美学的范式,探讨它是如何在与我们肌肤相亲的同时又保持着一段暧昧距离的。其中包括苏珊·朗格提出的著名宣言:"电影如梦。"

> ……我并不是说电影模仿了梦境,或是让观众做了一个白日梦……(电影)创造了虚幻的现在,一种幻象中的秩序。这是梦的方式……做梦的人总是居于梦境的中心。场所不断变换,人物活动着、讲话、变化、消失——事件发生了,情境出现了,有着奇异的重要性的事物进入视野,常见的事物也显得异常重大、可怕,而这些也许会被本来与它们无关、纯靠情感牵系的事物取代。但是无论如何,做梦者总是在那儿,可以说,他与各事各物的距离都相等。各种事件也许就发生在他的周围,也许就出现在眼前,他参与或打算参与活动,或者痛苦,或者沉思,但是,梦境中每件事物对他来说都具有相同的即时性。这种美学特征……创造了一种虚幻的现在。[①]

---

① SUSANNE LANGER. Feeling and Form[M].Charles Scribner's Sons,1953.

对于观众而言，虚幻的现在所创造的即时性实际上是超现实的。尽管银幕上的影像与声音比日常生活更强烈，但观众内心的"陀螺仪"仍然是以真实世界为导向的，这就给编剧造成了困境。编剧需要谨慎地维持一种微妙的平衡，一边要使观众相信故事发生在"跟我们一样"的平凡人身上，一边又要瓦解这样的真实，从而把那些平凡的角色转化到一个超越现实的故事里。

>……排除一切不可能，剩下的再不可能也是真相。
>——夏洛克·福尔摩斯（出自短篇小说《绿宝石王冠》，阿瑟·柯南·道尔著）

当观众进入电影院自愿终止怀疑时，他们知道自己将要看到的内容并不存在于现实。事实上，观众进入电影院的主要原因是想看到基于现实，又高于现实的内容。因此，尽管惊悚片的情节是经过设计的，但它必须看起来像是在真实情况中会自然发生的。同时，观众期盼影像世界不仅比他们的日常生活更鲜明、更容易理解，还应该为他们提供一个真实世界的可能范式。

但是，恰恰由于观众知晓日常生活的一般模式与步骤，他们在观影时就总是会留意那些违反常规的内容。惊悚片人物的表现必须始终符合普通观众在相似困境下会做出的反应。一旦观众问出"为什么不这样"的问题，影像真实就被破坏了。例如，观众可能默认一座隔绝主人公和外部世界的断桥总会在一段时间后被修复，于是故事所能承担的自由度是有限的。编剧必须建立一些规则，让观众通过这些规则来思考电影的真实感，这样才能防止观众的理性分析影响电影本身的特殊逻辑，这种规则就是故事所处的可信赖体系。

可信赖体系

叙事轨迹是建立故事完整性的总体结构。

有限世界提供了环境与目标，影响人物的身体行动与心理反应。

时间观是故事发生的真实时间和心理时间的框架。

人物气质是影响人物戏剧性选择的道德规范。

建立可信赖体系时，有一些默许的规则。在决定讲述一个特定的故事时，编剧已经被时间和地点的固有界限所束缚。比如，惊悚片的可信赖体系肯定不可能和歌舞喜剧片的一样。惊悚片也不与恐怖片、动作冒险片共享同一个可信赖体系，这一点可能不太明显。当然，电影是协作型媒介，因此最终是什么决定了电影世界的模样是很难确定的。就如盲人摸象的寓言故事一样，组成

故事可信性最重要的元素是哪个，取决于这个组成部分是由谁创造的。不过，绝对可以肯定的是，如果编剧不认真编排和塑造剧本里的时间、空间、人物，那么混杂的电影制作团队最终呈现的就是骆驼而不是大象了。

写作练习

侦探片	惊悚片	动作冒险片

- 根据你的类型认知,对以下影片进行归类:

《异形》(*Alien*)　　　　　　　　　《杀手无情》(*Shoot to Kill*)

《断箭》(*Broken Arrow*)　　　　　　《谜中谜》(*Charade*)

《昏迷》(*Coma*)　　　　　　　　　 《尖端大风暴》(*Brainstorm*)

《空军一号》(*Air Force One*)　　　 《禁忌星球》(*Forbidden Planet*)

《后窗》(*Rear Window*)　　　　　　《七宗罪》(*Se7en*)

《沉默的羔羊》(*The Silence of the Lambs*)　《致命诱惑》(*Fatal Attraction*)

《恐怖角》(*Cape Fear*)　　　　　　《柳巷芳草》(*Klute*)

《双重赔偿》(*Double Indemnity*)　 《谍海军魂》(*No Way Out*)

《血网边缘》(*Jagged Edge*)　　　　《豪门孽债》(*Reversal of Fortune*)

《本能》(*Basic Instinct*)　　　　　《完美风暴》(*The Perfect Storm*)

《人间大浩劫》(*The Andromeda Strain*)

第四章

叙事轨迹

优秀的编剧不能仅仅依靠"五步剧本速成法"这种江湖诀窍进行创作，而要凭借由剧本各部分建构起来的整体性给观众提供震撼的体验。同时，任何由单个或多个结构性元素所构成的场景本身都可能给观众留下难忘的印象。希区柯克导演的《惊魂记》（*Psycho*）中，逼真的浴室谋杀场面让很多女性好几年不敢去浴室洗澡。类似地，每当牙科医生对你说"把嘴张开"时，你就会想到影片《霹雳钻》中巴贝[①]被塞尔[②]折磨的骇人场面。一部好的惊悚电影的效果，必须以将观众的注意力从故事开场一直吸引至故事结束的程度作为标准来评判。就如一支箭射出后的弧线轨迹一样，观众的期待从故事开场便不断上升，在曲折前进中抵达故事高潮，再到故事的矛盾如约解决后，箭头下落至地面，故事结束。编剧对这条包罗万象的叙事轨迹（也就是讲故事的弧线）的掌握，才是电影取得观众信任的关键。

弧线上最明亮的闪光点自然是速度传递的起点，中间是箭与重力作用时张力最大的地方，最后是导弹向下发射，将尖端埋在

---

① 达斯汀·霍夫曼（Dustin Hoffman）饰演的角色名称。——译注
② 劳伦斯·奥利弗（Laurence Olivier，1907—1989）饰演的角色名称。——译注

地球的一个固定点上。这些明亮的闪光点也可以说明在讲述电影故事的工作中以观众为中心的视角。

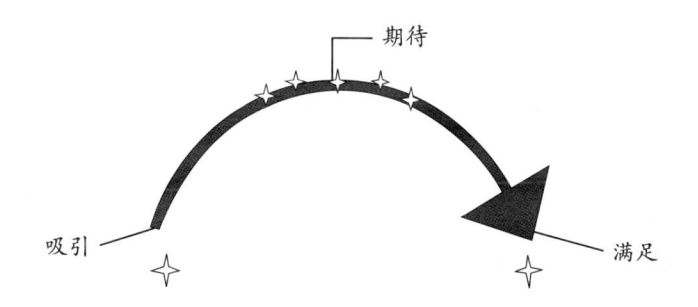

```
        期待
   ☆  ☆ ☆ ☆
  ╱           ╲
 ╱             ╲▼
吸引              满足
 ☆              ☆
```

☐ **吸　引**　与其说观众感兴趣的是人物，不如说他们真正感兴趣的是人物的困境。影片开场时，观众会想知道这故事是讲什么的以及主人公将如何走出困境。

☐ **期　待**　在这个环节，主人公与反派的矛盾升级，观众期待看到更多有趣的事情发生。而当人物的动作没有产生观众的预期效果时，张力就建立起来了，因此人物必须做出新的决定，它将产生未知的结果。未知的压力为观众创造了悬念。

☐ **满　足**　由于反派的力量比主人公强大，后者必须同时克服内在的恐惧与外在的障碍。在一个完整的故事中，只有通过主人公的成长，观众的预期心理才能得到满足。这和混沌的日常生活不同，主人公的成长使变幻莫测的现实变得有意义。

一种更线性的分析叙事轨迹的方式是古已有之的三幕式结构。

吸引观众的段落		
开端部分	中间部分	结尾部分
吸引	期待	满足
第一幕	第二幕	第三幕

时下有人提出了一些新的剧本结构方法，并夸张地声称三幕式结构已经过时，但是他们提出的方法和说法更多与商业化有关，而不是真正的结构性分析。实际上，所有故事自身都可以拆解为三幕：开端、中间、结尾。以《卡萨布兰卡》(Casablanca)为例，无论是对故事段落进行划分，还是将故事发展顺序打乱，编剧基于素材所做的这些调整，目的是让观众体验到好作品所具备的格式塔①效果，进而感到满足。

✎ 攻 击

总的来说，惊悚片的动作结构由"追逐"开始，以"受困"结尾，正好与动作冒险片的动作结构相反。在动作冒险片中，

---

① 格式塔（gestalt）：元素的一种结构或模式。作为一个整体如此统一以至于不能仅仅描述成各个部分的总和。

主人公是在一切谈判、策略以及调解都已破裂，反派注定要毁灭或支配社会的时刻进入动作场面。也就是说，主人公除了采取物理行为的暴力手段外，没有其他任何打破僵局的选项。物理力量的攻击改变了故事的动作逻辑，使其从受困状态转向追求战斗的状态。

而惊悚片则往往以展现一个毫无冲突的世界作为开场（至少主人公是这么认为的）。然而，主人公遭受攻击，出于对恐惧和疼痛的本能反应，他开始逃跑，这就建立了叙事轨迹中的"追逐"。但是在惊悚片中，逃跑的行为不会导向主人公期待的自由，反而使他陷入孤立无援的困境，完全被强大的对手力量俘虏。也就是说，追逐恰恰使主人公陷入围困局面！

在影片《西北偏北》中，罗杰·桑希尔（加里·格兰特饰）误被间谍当作美国中央情报局的调查员，惨遭追杀。但是桑希尔对他为什么被当成追杀目标毫无头绪。没有人相信他遭到了威胁，因此他采取了任何一个普通人都会做的理性行动——逃跑。在影片《秃鹰七十二小时》中，罗伯特·雷德福饰演的乔·特纳是一个级别较低的美国中央情报局调查员，当他吃完午餐返回办公室时，却发现所有同事都被残忍地杀害。这时已经没有时间让他待在那儿想到底发生了什么，为了避免同样的命运，他只能赶紧逃命。

✎ 自卫本能

在现实世界中,仅仅因为一些扰人的巧合或反常事件就抛弃稳定的家庭、朋友和生活的行为似乎有些过分,无论这些非正常情况发生时有多吓人。当日常生活受到威胁时,我们可以随时选择报警、请律师或向朋友求助。

但是,假如那些求救资源都没有了呢?假如我们信赖的求救渠道都无法证实我们所经历的,又怎么能保护我们呢?假如只有你一个人相信威胁的存在,并感到无比的恐惧?现在,你要做什么?——跑,保命要紧!

在惊悚片的叙事轨迹中,编剧将目标明确地设计在逃跑上,这一点是至关重要的。在其他任何内容上耗费过多时间都会偏离正轨,导致观众弄不清故事的主线,得不到他们满意的结局。当惊悚片类型沦为长篇大论的社会政治说教或形式华丽的视觉展演,而不是强调主人公所感受到的持续不断的致命恐惧时,这一点就更加正确了。

影片《国家公敌》(*Enemy of the State*)围绕着一个极具惊悚感的主题精心铺设了很多情节,但镜头剪辑杂乱无章,支线松散,完全不能推动故事发展,以至于解决方法仅仅沦为滑稽的插科打诨,完全脱离了影片原来的主题。事实上,尽管《国家公敌》有着如惊悚片一般精彩的开头,但它忽略了基本的类型边界,导致很多方面不符合惊悚片的类型要求。

悬念营造

在影片的开头,无论是观众还是主人公,通常没有人清楚接下来故事的走向。而主人公无法立即了解到底发生了什么的设定,在惊悚片中是很常见的。戏剧的本质要求人物必须自己去发现到底发生了什么,并且选择如何做出回应。但惊悚片和观众之间存在一种特殊的隐秘关系,它经常给观众提供许多人物自己都不知情的背景信息,比如秘密地交代一些主人公生活的不完整信息,甚至是反派的秘密意图。编剧用这些"小计策"为惊悚片的叙事轨迹注入了悬念。有时候,观众可能因为发现主人公用一些秘密策略阻碍了反派的计划而感到兴奋,又在随后意识到反派更胜一筹时彻底希望落空。

公认的悬疑大师阿尔弗雷德·希区柯克的过人之处就在于他能把司空见惯的日常世界置于一种险恶的氛围之中,让观众对其中的危险感同身受。

区别"悬念(suspense)"与"惊奇(surprise)"的方法很简单,可是许多电影还是会混淆它们。假设我们现在正在闲聊,然后桌子下面有枚炸弹。我们的聊天很平常,没发生什么特别的事。突然,"砰"的一声——炸弹爆炸了。观众们十分震惊,但在爆炸之前,他们所看到的不过是一个极其平常、毫无特点的聊天场面。这是惊奇。现在我们来看悬念:

桌子下面有枚炸弹，观众们也知道这一点。观众们知道炸弹会在一点钟整点爆炸，而现在是十二点四十五分。于是，原本无关紧要的聊天一下子变得极其吊人胃口，因为观众们参与到这场戏中了。①

尽管类型接近，但希区柯克描述的惊悚片悬念与动作冒险片、侦探片以及恐怖片的悬念完全不同。动作冒险片可能会故意对片中人物或观众隐瞒信息，但这种隐瞒从不是贯穿电影始终的主题——因为动作冒险是关于确定一个目标并实现它的行动。过程中发生的惊奇事件是主人公必须要克服的障碍，并且是不引起故事方向根本变化的事件。以影片《虎胆龙威》（*Die Hard*）为例，当匪徒汉斯·格鲁伯（艾伦·里克曼饰）与显然毫无戒备的约翰·麦克莱恩（布鲁斯·威利斯饰）面对面时，悬念就产生了。格鲁伯假装自己是人质的一员，麦克莱恩相信了他，甚至给了他一把枪。清楚知道格鲁伯匪徒身份的观众们会感到非常紧张，但麦克莱恩大概还不知道他面前的人是谁，所以银幕上的角色并没有呈现出与观众相同的紧张感。

而侦探片，尤其是"谁是真凶"模式的电影，经常以向观众隐瞒信息的方式来制造悬念。以《非常嫌疑犯》和《第六感》为例的侦探推理电影都擅长制造谜团，吸引观众参与进侦探主人公

---

① FRANCOIS TRUFFAUT. Hitchcock[M]. Simon and Schuster，1984.

的寻人游戏中。

> "推理小说只能引发一种缺乏激情的好奇；而激情正是悬念不可或缺的要素。"①

甚至恐怖片的悬念也与惊悚片的悬念截然不同。恐怖片倾向于将悬念设置为惊骇的伏笔，也就是通过设置前奏来为后续的突然尖叫做铺垫。一般来说，恐怖片悬念的起势在于让一个毫无警惕的主人公走向一个特别的长廊，而观众们深信长廊的深处潜藏着怪物。主人公推开一扇扇门，都没有怪物跳出来，就在观众们惴惴不安地等待着两者不可避免的最终对抗时，紧张感一点一点建立起来。但是，当主人公猛地打开最后一扇门却依然没有任何异常时，观众们——尽管对自己错误的预感依然困惑——也顷刻放松了警惕。这个时间足以让怪物从隐藏的裂缝中突然跳出来，袭击不幸的主人公。刚刚松懈下来的观众们会受到反身一击，陷入不可自制的强烈情感失控中。这种悬念或惊吓的手段被史蒂文·斯皮尔伯格在《大白鲨》（*Jaws*）以及约翰·卡朋特在《月光光心慌慌》系列的早期作品中运用得得心应手。

---

① FRANCOIS TRUFFAUT. Hitchcock[M]. Simon and Schuster，1984.

✎ 行动速度

最初，所有惊悚片都包含两条潜在的叙事轨迹：一条是主人公或中心人物的，另一条则来自主人公的对手——反派角色。这两条叙事轨迹互相独立，由一系列事件组成。组成反面人物叙事轨迹的一系列事件因为内含的威胁性而更加吸引观众的眼球，可是如果缺少主人公叙事轨迹的介入，就无法形成戏剧冲突。

打个比方，我们随便设想一条主人公的叙事轨迹：一位大学化学教授，他有一名妻子，两个孩子，一条狗，一辆家庭度假用的旅行拖车，除此之外的细节就不得而知了。我们也许能列出这位教授接下来一年会经历的主要事件，但是从这些事件中很难找出任何值得拍成故事片的内容。

另一方面，设想一条反派的叙事轨迹：一位神秘的企业高管管理着一家受人尊敬的环境工程公司，而实际上高管操控公司暗中策动了一系列生态灾难，一系列的暗中操作助力他垄断了西洛基山脉的整个发电系统。当然，知道高管如何实施他的策略、有多少经济资源和政治资源、事情最终会发展到什么地步是很有意思的。然而，如果计划太宏大也会让故事看上去不可信，太过精确的筹谋显然超出了人能所及的范围。因此需要编剧安排一些包含了惊讶、错误和命运捉弄的桥段，才能为这场阴谋赋予情感焦点。

这就是编剧创作剧本的出发点。通过技巧性的情节设置,让化学教授乏味的叙事轨迹与高管夸张的叙事轨迹交叉,使它们最终交织在一起,成为一个不可分割的、统一的、能够牵动观众情绪的惊悚片故事。

一旦主人公阻碍了反派的故事线,惊悚片就会呈现令人悸动的恐惧叙事节奏。故事突然从普通的场景坠入迷宫般的走廊,主人公在这里拼命地拍打禁闭的门或石墙,以求重回熟悉的日常世界——但那个世界其实已经被彻底毁灭了。

正是这种对熟悉的破坏,反过来创造了内在的恐惧,像乌云一样笼罩着主人公的感官世界,并把故事进一步引向恐怖的迷宫。

遭到破坏的反派叙事轨迹

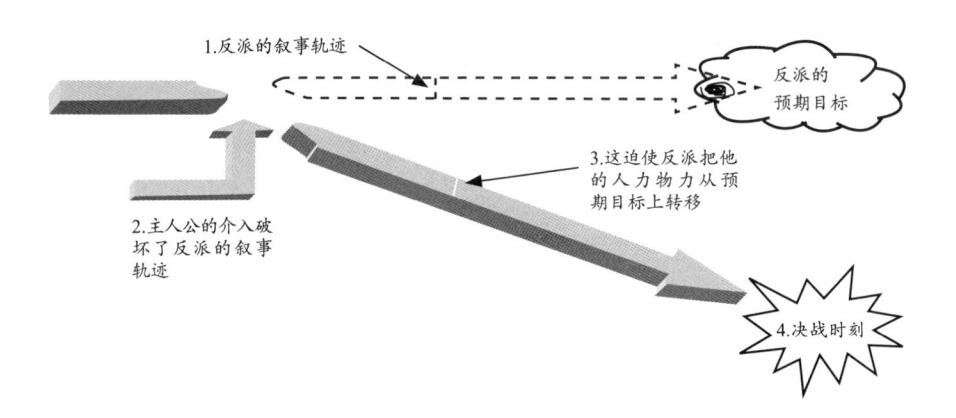

1. 反派的叙事轨迹
2. 主人公的介入破坏了反派的叙事轨迹
3. 这迫使反派把他的人力物力从预期目标上转移
4. 决战时刻

反派的预期目标

写作练习

- 如果下列影片没有主人公的介入，反派的完整叙事轨迹会是怎么样的？

  - 《空军一号》
  - 《断箭》
  - 《国家公敌》
  - 《血网边缘》

- 在以上电影中，为什么主人公是唯一能破坏反派叙事轨迹的人？

第五章

有限世界

任何一部电影的故事环境都不可避免地会受到编剧所选择事件的限制。比如残忍的海盗不会开着温尼巴格牌露营车在四大洋出没。每种类型都会利用特定的环境，环境不只是作为故事的容器，也用来表现主人公内心的斗争。以"个人探索"类型为例（这类影片包括《肖申克的救赎》《机智问答》《死囚漫步》《美丽心灵》等），每个故事都发生在一个高度受限的环境里。这种限制或许是身体上的，比如监狱；或许是行为上的，比如军队或公司；或两者兼有。每部电影都会有一个严格边界，人物的动作被默认为要在此边界内进行。一旦出界，人物就会迷失。

　　相反，动作冒险片一般发生在行动自由的世界里（尽管有时身体可能受限）。以约翰·福特的西部片为例，用大全景拍摄的广阔蛮荒环境，不仅仅是用来展现人物活动时的开阔空间，也象征着人物开放直率的性格。动作冒险片中的主人公只受到自身责任感的约束。编剧在这份约束中，仍然赋予了主人公采取一切必要措施阻止反派破坏社会的权力。在影片《原野奇侠》中，肖恩出现时几乎总是伴随着这样的背景——崎岖的山脉绵延向无尽的荒原，那是他来的地方。对于影片中的社区来说，肖恩是一个陌生的过客,他的身体活动是不受社区准则束缚的。他的行为更多出于个人选择而不是公众期待,而且正是这种自由的选择决定了他的结局:最终他选择回归自己的荒原世界。

> **肖恩**
> 我得走了。
>
> **乔伊**
> 为什么,肖恩?
>
> **肖恩**
> 乔伊,每个人都有适合自己的生活,无法彻底地改变。我试过改变,但发现不行。
>
> **乔伊**
> 我们需要你,肖恩。
>
> **肖恩**
> 乔伊,你没法背着条人命生活,杀了人是无法回头的。对与错是一种标签,这标签就像烙印。没有回头路可走。

所有类型片中的主人公,都会面临个人欲望与公众需求、法律责任、家庭义务以及宗教献身等之间的冲突。为了与外部敌对势力做斗争,"克敌先克己"是故事中必不可少的一部分。因此,任何一种类型电影中都存在着真理与满足他人期待之间的矛盾。

各类型之间真正迥异的,是可信赖体系中左右人物的身体行动与心理反应的外部环境。

✎ 基于理性的想象

真正的惊悚片世界充满了基于想象的"如果……怎么办"情境,但是这些想象被现实世界的规则所约束。如果你被误以为是国际间谍而遭绑架,为了活命,除了逃跑你还能怎么办?如果你的妻子、丈夫或孩子突然被残忍的罪犯控制,并用来勒索他们想要的东西,否则就撕票,你该怎么办?如果你是一个兢兢业业的企业高管、售货员、大学生或图书管理员,突然发现自己是保护美国总统安全、使其免受恐怖分子袭击的关键性角色,你会怎么办?如果一个美丽动人的女人跳进你的车里,求你救她一命,你怎么办?

最后这个"如果……怎么办"确实在杰夫·戈德布卢姆参演的《皇家密杀令》(*Into the Night*)中发生了。他在电影里饰演埃德·奥金一角。埃德是一个意志消沉的工程师,生活在洛杉矶。妻子红杏出墙,单调乏味的生活令他患上了失眠症。为排解忧愁,他决定搭乘午夜航班去拉斯维加斯豪赌一场。然而,命运弄人,这个普通的男人在错误的时间进入了机场的停车场——又或者说是正确的时间,因为从这一刻起,他的生命再也不会静如死水了。

内景　停车场地面层
埃德正在等电梯的时候，有一对引人注目的夫妇出现了。女人①十分年轻漂亮，有着被太阳晒得发亮的金色长发和光泽性感的身躯。她穿着圣罗兰的白色套装，十分优雅，肩上披着毛皮大衣。护送她的年轻男人看上去有点像中东人。他穿着随意但华贵的毕扬牌男装。他一手拿着她的外套，一手挽着她。他们走得非常快。

三人一起等电梯时场面陷入尴尬的沉默。电梯门打开。埃德往旁边一靠，让女人先进电梯。她正欲进去，男人却轻轻地把她拉住，示意埃德先进。埃德照做，这对夫妇却没有进电梯。电梯门关上时，埃德正沉浸在自己的思考中，以至于并没有感到不解或被冒犯。

内景　停车场三楼
埃德走出电梯。这里同样气氛危险，但他脑中想着别的事——比如，现在做什么呢？回家？选项好像无非就那几种……然后他爬进了自己的车里。

内景　埃德的车
他就那样坐在车里。你可能想"他在这儿干吗呢"。埃德自己也茫然不知所措，疲倦地将头靠在方向盘上。他现在看起来非常劳累，甚至像具尸体——前提是得有人注意到他。

---

① 米歇尔·菲佛（Michelle Pfeiffer）饰。

电梯
在停车场,那对男女走出电梯。突然,有两个男人从阴影里面钻出来,从背后袭击他们。同时,一辆白色的奔驰车停下。

一场激烈的打斗,袭击者的脸部被阴影掩盖,模糊不清。

女人被捂住嘴,被粗暴地推向那辆等候着的奔驰车。

她的男人试图掏枪,但被四发消音枪射出的子弹击中。然后他的尸体、女人的皮衣和外套都被袭击者装进奔驰的后备厢。

女人为保命,开始反击。她狠狠地朝袭击者的膝盖踢了一脚,挣脱着逃跑。当她跑的时候,穿过一排车——凄厉恐惧的叫喊声就回响在停车场内。袭击者愣了那么一刻,随即反应过来,追赶上去。

内景　埃德的车
埃德猛然一惊,立即警觉起来。他环顾四周,听到跑步的声音,然后看到——

埃德的主观视角
女人正朝停车道狂奔,跟跄着穿梭在车与车之间,希望以此拉开与两个袭击者之间的距离。突然,她似乎摔倒了,从视野中消失。两个袭击者分两条线路包抄她。是强暴吗?……还是梦?

内景　埃德的车

他的大脑在飞速转动——我要怎么做？赶紧逃跑？寻求救援？卷入事件？被杀？他的手就放在点火开关上，他在踌躇，意识到自己如果不能一下子点着火，就会直接暴露。也许他们已经发现他了……也许这些人是警察，而这个女人是个逃犯……或疯子。

女人

在一排车底下，女人拼命地向前爬，脸上写满本能的恐惧。

女人的主观视角

视野中出现其中一个袭击者的脚，虽然有一段距离，但正往她这儿过来。

埃德的车

他尝试点火。发动机嗡嗡轰鸣，但没点着。他又试一次——还是没成功。

女人

她依然贴着地面，听到埃德发车的声音。车就在不远处——前方或下一排车……她迅速回头察看身后的袭击者们。

女人的主观视角

追击的脚步暂时停止。他们的动作变轻，好像也在寻找发动机声音的来源。

内景　埃德的车

埃德正在一边咒骂，一边祈祷。他再次尝试发动——用尽全力，连电池里的最后一伏特电都不肯放过似的。老旧的丰田车引擎终于发出一声异常的轰鸣。他挂上了挡。

女人
她看到埃德的车启动了——就在身后相邻的那排车里。在埃德转弯开到停车线时,她跳起来,追着他的车子。她的追击者现在发现她了,正快速地往这边跑过来。他们看起来似乎也是中东人。

内景　埃德的车
埃德按着微弱的喇叭声,希望可以寻求帮助。他看见两个男人从相反方向朝他过来——但没有发现女人。正当他准备逃跑的时候,女人从他看不见的一侧出现,"咚咚"敲着车窗,想进来。

他们的视线仓促交汇。他看见她的绝望几乎要把玻璃熔化了。

于是,埃德减速,打开车门。在她跳进来的瞬间,其中一个追击者追上了车。

在女人合上车门之前,一只手臂伸进来抓住她的头发,想要将她从车里拉出来。埃德试图将她拉回。女人被推得又进又出,两边撕扯——他犹豫着,不知是该停车还是加速。他挥手重击追击者的手臂。

　　　　　　　　埃德
　　　放开她!

　　　　　　　　女人
　　　开!只管开!

这些便是基于想象而成的故事，然而构成电影超级真实的关键在于银幕上的世界变得比想象中的白日梦更具体、更实在。事实上，像以上这样以突发奇想作为开端的惊悚片故事，无可避免必须谨守现实的边界。埃德·奥金的困惑、恐慌和猜忌都是一个正常人在这种处境下会有的反应，正是这种正常状态增加了叙事的可信度。如果埃德毫不犹豫地变身为英勇的救援者，那就违反了惊悚片的人物原则，同样也破坏了故事的可信度。观众知道一个正常人会如何反应，知道某人被误认作国际间谍后仍应该有充分的证据去证明自己的清白。毕竟，每个曾经申请过贷款、接受过教育或开过支票的人都经得起彻底的审查。

只是，假如坏人拒绝常识呢？

桑希尔
我倒不在乎陪你们玩玩绑架游戏，可我买了今晚的戏票，是我很想看的演出。发生这种事我可是会变得不讲理的。

男人
演技真是超一流，你把这儿当剧场了。伦纳德，见过咱们尊贵的客人了吗？

伦纳德
穿得倒是挺体面的，不是吗？

桑希尔厌恶地看了伦纳德一眼。

> **男人**
> 我的助手非常佩服你,卡普兰。很隐蔽而且很迷惑人……
>
> **桑希尔**
> (打断)
> 等一下,你叫我卡普兰?
>
> **男人**
> 我知道你用过很多名字,不过我尊重你现在的选择。
>
> **桑希尔**
> 现在的选择?我叫桑希尔——罗杰·桑希尔——没有别的名字。
>
> 伦纳德开始咯咯地笑……
>
> **桑希尔**
> 看来现在让你们看证件也没什么用,信用卡、驾照什么的,有用吗?
>
> **伦纳德**
> (晃了晃头)
> 他们给你做得很逼真。

好吧,你当然可以打电话寻求帮助。警察迟早会赶来维护秩序。事实上,万一观众真的陷入这样诡异的处境,他们恰恰是通过这些实际行动来得到帮助的。因此,每当编剧说"假如"的时候，观众常常会回应"为什么你不……"。观众大都是现实的人，他们会本能地求助社会力量来修复现实，感谢自己的福星，然后继续做平时做的事。同理，惊悚片中的人物也会利用社会力量。他们不是英雄，只是迫切想从异常状况中脱身的普通人，就如《西北偏北》中的桑希尔，他试图找出他认为的绑架他的人，并理性地向绑匪解释自己的困境。

> **联合国大楼前台接待人员**
> 这就是汤森先生。
>
> 桑希尔看着这个陌生的男人，眼里充满疑惑。
>
> **汤森**
> 您好，卡普兰先生。
>
> 汤森伸出手。
>
> **桑希尔**
> （转向前台）
> 这不是汤森先生啊。
>
> **汤森**
> （微笑地）
> 就是我。
>
> 汤森再次伸出手。桑希尔沉默地握了握。
>
> **桑希尔**
> 一定搞错了……莱斯特·汤森吗？

汤森
（欢快地）
就是我。请问您有什么事？

桑希尔
（依然十分疑惑）
您是住在格兰湾的汤森吗？

汤森
是的，我们是邻居吗？

桑希尔
一座大红砖房，车道两边有树？

汤森
（微笑地）
说得没错。

他们在室内走动，经过一个正开着闪光灯拍摄西非访团的新闻摄影师。

桑希尔
汤森先生，您昨晚在家吗？

汤森
您是说格兰湾？

桑希尔
是的。

汤森

没有。从上个月起，我一直住在城里。开会时我都这样。

桑希尔

汤森夫人呢？

汤森

（皱眉）

已经过世许多年了。

（桑希尔盯着他看）

卡普兰先生，这到底是怎么回事？

桑希尔

您房子里住的是什么人？

汤森

什么人？房子完全封闭了。只有园丁和他妻子住。卡普兰先生，你是谁，有什么事，想干什么？

桑希尔从口袋中掏出一张报纸上的照片给汤森看。

桑希尔

您认识这个人吗？

汤森盯着照片，突然倒吸一口气，发出异样的叫声。他的眼睛张大，手臂伸开，倒向桑希尔怀中，桑希尔伸手接住他。

桑希尔
怎么了？

汤森发出呻吟，眼神颤抖。

桑希尔的右手在汤森背后摸到一把刀。他下意识地把刀拔出来，抓在手上。汤森跌在地上，死了。桑希尔伫立在那儿，恐惧地看着倒地的汤森，手里握着那把血淋淋的刀。一切发生得如此迅速，没有人真正看到杀人过程。一个女人尖叫："看啊！"一个男人吼叫："怎么了？"桑希尔环顾四周，发现一圈人围过来，用又惊恐又害怕的眼神紧盯着他。

一个女人指着桑希尔指控："就是他干的！我看到了！"人群缓慢地向他逼近。此时，另一个声音喊道："当心！他有刀！"桑希尔慢慢后退，头晕目眩，脑海里一团乱麻。

桑希尔
等一下……听我说……和我无关……

人群声音
杀人了！……是他……快报警！……
抓住他！……

桑希尔
别再靠近了！后退！

相机"咔嚓"作响，闪光灯频频亮起。新闻摄影师捕捉到完美的一幕：震惊的桑希尔因不断聚拢的人群而往后倒退，手里仍紧紧握着刀，"威胁"着他们……

茫然与困惑

惊悚片编剧必须拥有且善于运用生活常识，合情合理地设计主人公为了生活重回正轨而采取的每一步行动，接着相对应地，把所有可以重回正轨的可能性都阻断，才能令不可信的情境变得可信，也让不安的主人公更深陷迷惘。

> **内景　公寓　储藏室和后门**
> 当埃德和黛安娜打开后门，到了巷子，发现一辆垃圾车阻挡了他们的去路。等垃圾车开走之后，埃德发现自己的车不翼而飞。
>
> 　　　　　　　　**埃德**
> 　　我的车呢？
>
> 他追赶那辆垃圾车。一个身材魁梧的清洁工正坐在车尾平台上。
>
> 　　　　　　　　**埃德**
> 　　　　　（边追边喊）
> 　　等等！你看见一辆蓝色的丰田车了吗？
>
> 　　　　　　　　**清洁工**
> 　　　　　（点头）
> 　　不能停那儿的。抱歉……
>
> 　　　　　　　　**埃德**
> 　　它在哪儿？

>   **清洁工**
> 警察把它拖走了……

埃德渐渐追不上垃圾车了。

>   **埃德**
> 拖去哪里了?

>   **清洁工**
>   （耸耸肩）
> 市区,或其他地方……

垃圾车加速开走,留下埃德一人呆立在路中间。一阵愤怒与沮丧席卷他疲惫的神经。

>   **埃德**
>   （大喊）
> 该死的!

黛安娜追上他。埃德转身,大步走过她。

>   **黛安娜**
> 你要去哪?

>   **埃德**
> 打出租车。我受够了……

>   **黛安娜**
>   （紧跟着他）
> 这里没有出租车。这个时间没有……

> **埃德**
> 我可以打电话叫一辆,也可以给你叫一辆。

他转到建筑与建筑之间逼仄的人行道上,那儿能通往街道。她还是紧跟着。

> **黛安娜**
> 没时间了。我遇到太多麻烦……

> **埃德**
> 现在,我才是遇到麻烦的人!

> **黛安娜**
> 他们可能还在跟踪我!

> **埃德**
> 我不这么想。

> **黛安娜**
> (抓住他)
> 请相信我——我需要赶快到一个安全的地方。到了之后我打几个电话就可以把这些事情都搞定……

> **埃德**
> 听着,我得回家。首先,我得找到我的车……该死!

当埃德快走出建筑,行至街上时,黛安娜伫立在原地的阴影里。

> **黛安娜**
> (绝望地)

请和我待一小会儿……我不想一个人
单独出去。我会付你钱的……

> **埃德**
> （转向她）
> 听着……

> **黛安娜**
> 你想要什么？要什么我都给你。

> **埃德**
> 我太累了，继续不了这一切。明天早
> 上我还得上班。抱歉……

他转过身，继续走——然后突然停住，浑身战栗。

埃德的视角——一辆白色奔驰车
车停在建筑前的车道上。司机在车里等候，两个男人在前门台阶。埃德心跳加速，慢慢退回人行道上，回到阴影里。

> **埃德**
> （震惊地）
> 他们跟来了。

迷宫困境

惊悚片从日常生活中爬出来，掐住人物的喉咙，并把他们拉到一个常识不再起作用的炼狱空间。编剧无情地切断可以让主人公获得安慰的熟悉环境。主人公被驱逐出他可以掌控的环境,被扔到一个莫名其妙的迷宫的无底洞中,那里的环境恶劣且异常。以《秃鹰七十二小时》为例,乔·特纳(罗伯特·雷德福饰)吃完午餐返回办公室,发现每个人都被残忍地杀害了。

> 特纳颤抖地跑下楼,停在拉塞尔夫人的桌子前,抓起电话听筒,里面没有声音。电话线被剪了。他紧握着坏掉的听筒,看见拉塞尔夫人死前抽的烟还没有熄灭。
>
> 特纳恐惧得难以言表。他移向前门,停住……
>
> **外景　美国文学及历史学会总部**
> 特纳扒开门缝,观察街道。街道看上去一如平时。
>
> 他迅速地钻出去,合上门。
>
> 当他穿过门的时候,一股未知的力量抓住他,差点把他拉回去。
>
> 他张大嘴巴准备尖叫,但很快意识到只不过是外套被门闩挂住了,很快便挣脱了。
>
> **特纳的索莱克斯牌轻便摩托车**
> 雨打湿了停着的摩托,车身看上去很光滑。
>
> **街上**
> 特纳知道骑摩托会很引人注目,于是他沿着街道侧边快步走了起来。到达麦迪逊大道后,他突然停住。迎面而来一个推

着婴儿车的女人。她看起来有点可疑，厚厚的眼镜反着光。她看到特纳后，也停下来，躬身在婴儿车里找什么东西。

特纳看着女人，将手枪藏在口袋，然后往后跑。

而女人从婴儿车里捧出的既不是手枪也不是手榴弹，而是一个宝宝。

特纳
他从拐角进入麦迪逊大道。那儿有一个电话亭。有人在用。他犹豫一会儿，决定赶往下一个街区的电话亭。

电话亭
特纳勉强塞进硬币，不假思索地打给911。

滤掉杂音的声音
　　警察局总部。

突然特纳不知道该说什么，只是喘着气。

迷宫是对主人公一直试图破解的谜题的一种直接且形象化的呈现。以《西北偏北》的视觉系统为例，它重复着一个主题——十字形谜题。从片头里倾斜的钢铁建筑和玻璃幕墙，到纽约的街头、联合国广场、伊利诺伊州的玉米地，甚至菲利普·旺达姆[①]的山顶别墅的尖角，罗杰·桑希尔不断地被困在无法逃出的迷宫中。在某些情况下，影片会使用离奇设定来将主人公与他熟悉的

---

① 影片中由詹姆斯·梅森（James Mason，1909—1984）饰演的恶棍。——编注

事物隔绝开，甚至在核心戏剧冲突开始前就出现了。在希区柯克 1956 年的影片《擒凶记》（*The Man Who Knew Too Much*）中，詹姆斯·斯图尔特饰演的本·麦克纳教授和他的妻子乔（多丽丝·戴饰）、儿子汉克一家三口前往摩洛哥度假。

大巴
大巴开进一座阿拉伯小村庄。低矮的石头与涂着泥墙的房屋，逼仄的街道，零星的马车，毛驴以及一匹骆驼。稀疏的行人，绝大多数是阿拉伯男人，几乎看不到阿拉伯女人……所有事物看上去都是了无生机与贫乏的。阳光强烈而且焦灼……

内景　大巴
大巴开出村庄，来到一片广阔无边的沙漠。沙漠看上去干涸、可怖。

对观赏单调的沙漠景色感到厌倦，汉克开始四处张望，想找点事做。本靠在座位上闭眼休息。乔从包里拿出一本平装本小说开始阅读。汉克决定在车内过道上玩耍，试试看能不能展开一场冒险。

汉克十分漫无目的地往车内前面走去。自从开出村庄，大巴就加速行驶，开始有些颠簸与摇晃。当汉克走了一半，终于稍稍在过道上走稳时，大巴突然以非常骇人的方式颠簸，令汉克重心不稳、摇摆不定。为了保持平衡，他猛地用手抓住旁边坐着的人。但他来不及坐下，只够紧紧抓住一位阿拉伯妇女的面纱。糟糕的是，他把她的面纱扯掉了。

> 这位妇女突然大惊失色，用手捂住自己的脸，惊叫起来。
>
> 大巴仍在颠簸与摇晃，汉克还是有些摇摆，完全没意识到他手里还攥着阿拉伯妇女的面纱。
>
> 妇女仍捂着脸，但坐在她旁边的阿拉伯男人起身，对汉克用阿拉伯语发出刺耳的责骂。他越过妇女，走到汉克跟前，重复他的责骂，用愤怒的阿拉伯语指责小汉克……
>
> 本迅速起身，直面阿拉伯男人，保护他的儿子。

当现实世界发生改变以及常态突然被打破时，主人公会产生精神和情绪上的慌乱，使得他几乎无法对新的现实适当地做出回应。就如影片《秃鹰七十二小时》中乔·特纳的经历。

> **内景　某处小房间**
> 没有窗户。看不出地点在哪儿。可能是任何地方，但有精确的时间标识：表在墙上走，地图上写着时区。
>
> **特纳（画外音）**
> ……喂？
>
> 声音来自一个挂在顶棚上的巨大的扬声器。
>
> 一个名叫迈克尔的没有腿的男人做出反应，摇着轮椅往前倾。他在一排通信设备前调整旋钮。录音机开始工作……然后，他对着一个话筒开口。

> **迈克尔**
> 这里是主控制台。
>
> **特纳（画外音）**
> 我是乔·特纳！听着……
>
> **迈克尔**
> 确认身份。
>
> **特纳（画外音）**
> 什么？？
>
> **外景　电话亭与特纳**
> 在特纳看来，现在每个路人都很凶险。
>
> **特纳**
> 我说过了，我叫特纳，是为你们工作的！有事发生了，有人闯进来并——
>
> **迈克尔**
> 确认你的身份。
>
> 特纳紧紧握着话筒，头脑一片空白。

要想抓住变化的现实，需要人物根据实际的物证对冲突的情感信息做出评估。就如影片《双面女郎》中，当阿莉（布里奇特·方达饰）发现了她的室友海迪（珍妮弗·贾森·利饰）表里不一的证据一样。

> **内景　阿莉公寓里海迪的房间　夜晚**
> 阿莉快速搜寻海迪床头柜的抽屉。她翻遍海迪的梳妆台，把所有皮包散在床上彻底搜查。搜到衣橱时，阿莉又察看海迪所有的外套口袋。在衣架上面，她发现一个鞋盒。她取下来放到床上并打开盒子。
>
> **鞋盒里面**
> 一堆信杂乱地捆在一起。但是它们都没有标注是寄给"海迪·卡尔森"的。相反，更旧一些的信件上的地址写着佛罗里达州坦帕市科普兰大道的"埃伦·贝施"收。还有一个已开封的空白的白色小信封。阿莉把它倒过来，四张小纸片掉到床上——是被裁开的照片。阿莉慢慢地拼着它。当她完成后，发现这是一张20世纪70年代早期拍摄的全家福。一个普通家庭位于城市郊区的合影：母亲、父亲、两个小女孩——可能是一对双胞胎，因为她们身高相同，穿着也极为相似。但照片上其中一个小女孩的脸被刀刮花了……
>
> **阿莉**
> 困惑、愤怒——还有害怕。她迅速把所有东西放了回去……

甚至是滑稽有趣的特殊经历，比如罗杰·桑希尔在芝加哥拉塞尔街火车站的男士洗手间里用女伴伊芙的微型安全剃须刀刮胡子的做法，也会使主人公与现实脱节，因为他在逃亡途中还试图保持正常状态。

> **内景　男士洗手间**
> 这个场景里充满了众多人物的动作。一排洗手池前站着三个男人。其中一个在洗手，另一个正在用平直的剃须刀刮下巴上的胡子。第三个男人——桑希尔——手忙脚乱地涂着覆盖半张脸的泡沫。突然门开了，两个侦探走进来……桑希尔若无其事地涂完泡沫，然后往下看，拾起他的剃须刀——伊芙的女士小剃刀。他从镜中瞥见身旁举着平直剃须刀的那个男人，正疑惑地看着他。

当主人公一步步在失衡的环境中越陷越深，容他活动的空间也会逐渐缩小并变得混乱。在影片《盲女惊魂记》中，盲女苏济的地下室公寓逐渐变得可怕，她无法绕出这个错综复杂的迷宫，因为家具上的导盲标记已经被打乱了。同样地，在影片《双面女郎》中，阿莉的空间一开始是一间宽敞的纽约公寓，公寓实在太大，不适合独居。但是，当阿莉患有精神病的室友海迪占用了她的身份，空间的环境也随之改变。公寓楼本身变成了一个奇怪的迷宫，尽是黑暗的走廊，模糊的声音，紧锁的门，直到最后的生死场景上演。

随着惊悚故事逐渐展开，混乱且恐怖的未知领域很快就代替一开始主人公受到威胁时能够逃跑的开放空间。在这个环境里，猎人与猎物为了生存而互相围攻。

> 弗朗索瓦·特吕弗:"……而实际上,《西北偏北》中这些镜头是等长的。"
>
> 阿尔弗雷德·希区柯克:"对,因为在这种情况下起作用的不是时间因素,而是空间因素。各个镜头的长度服从于表现桑希尔为躲避间谍的追杀而拼命奔跑的不同距离,特别是强调出他是无法躲避、无法逃脱的这一点。"[①]

导演自然要对他建立起来的银幕上的惊悚视觉场景负责,但是编剧必须首先在剧本中提供文字想象,奠定惊悚片情境的基调。

毁坏现实

熟悉的物理世界的毁灭同样迫使主人公在扑朔迷离的内心景观中寻找新的立足点,因为那些依靠常识建立起来的旧地标将不再可见。

任何经历过地震的人都明白原本生活常态被突然打破的感受。不仅仅是由坠物、巨响、黑暗和震动引起的当下的危险,还有对周遭世界的失控带来的精神层面的恐惧。即使是内心战栗平息后很久很久,即便地震的受害者们没受到任何肢体上的伤害,但地

---

① FRANCOIS TRUFFAUT. Hitchcock[M]. Simon and Schuster, 1984.

震还是会强烈地改变他们对安定生活的理解。在他们的预测中，重点不是未来将带来什么，而是到底还有没有未来。的确，对于他们来说，那些以前习惯的"未来"似乎已经不在了。①

惊悚片最擅长的就是表现脑海内的真相与物质世界的直接体验之间的挣扎。以影片《悍将奇兵》为例，杰夫（库尔特·拉塞尔饰）与埃米（凯瑟琳·昆兰饰）在长途自驾旅行时被困在了荒漠中心。埃米搭了一个热心的货车司机雷德（J.T. 沃尔什饰）的便车，前往附近的餐馆寻求帮助。但是当杰夫最终追寻埃米到餐馆的时候，她不在那里；而当他开车追上雷德，雷德突然完全不认识他了。

> **外景　沙漠公路**
> 吉普车到达山坡。然后，在前方，杰夫看到了那辆车……
>
> **大货车**
> 就是这辆有十八个轮子的大货车带走了埃米。它正慢悠悠地开着。杰夫踩下加速油门……
>
> **外景　沙漠公路**
> 吉普车快速地追上大货车。
>
> **内景　吉普车　白天**
> 杰夫又按喇叭，又打灯。

---

① 虽然惊悚片经常描写对现实的痛苦感知，但一般来说，电影并不会把真实的精神疾病夸张化处理，比如《美丽心灵》那样。

> **杰夫**
> 该死的胖子。快靠边停车。

也许司机没有听见,也许他只是故意无视杰夫,大货车并没有减速的迹象。

杰夫开上了对面的车道,并追上了大货车的车头。他继续按喇叭,不断挥手,示意靠边停车。但是大货车依然保持匀速前进。

杰夫伸长脖子看司机……

没错,是雷德。但他戴了一顶和之前不同的帽子。

雷德盯着杰夫,感到非常困惑。杰夫看到了,继续对他吼叫挥手。

> **杰夫**
> 靠边停车!靠边停车!

雷德突然示意前方,按下喇叭。

杰夫顺着抬头,看见——

一辆厢式货车径直往这边冲过来!

高速公路

杰夫猛地避开,同时突然转到大货车后面。不一会儿,厢式货车往相反方向开走,杰夫继续"嘟嘟"地按喇叭示意大货车停车。

吉普车
杰夫十分紧张，上气不接下气，但仍对大货车穷追不舍。他检查迎面而来的车道是否畅通，然后再次往外侧公路开，去追赶大货车。

他开到大货车的前面，然后阻挡它，刹车，迫使大货车减速停下来。

高速公路
两辆车都靠边停车。雷德从驾驶室下来的同时，杰夫也从自己车上下来，走向雷德。

大货车驾驶室里空空如也。

　　　　　　　　　雷德
　　你到底想干什么？

　　　　　　　　　杰夫
　　我叫你停车，你没看到我吗？

　　　　　　　　　雷德
　　没有。

杰夫思忖，这人到底多蠢？

　　　　　　　　　杰夫
　　我妻子在哪儿？

　　　　　　　　　雷德
　　啊？

> **杰夫**
> 我妻子。她在哪儿？

雷德疑惑地看他一眼。

> **雷德**
> 我怎么知道你妻子在哪儿？

> **杰夫**
> 我去餐厅问过了。没有人看到过她。

> **雷德**
> 先生，我不知道你在讲什么。

杰夫盯着雷德，心想——这人在装傻？

> **杰夫**
> 你载了她一程。你应该把她放在贝拉餐厅的。

雷德努力回忆，试图找到一点信息。还是摇了摇头。

> **雷德**
> 不知道。抱歉。

> **杰夫**
> 你怎么会不记得呢？那就是半小时前的事！

雷德奇怪地打量他。

> **雷德**
> 先生，我从来没见过你。

观众明白杰夫的遭遇，因为他们目睹了事件，知道杰夫并没有撒谎，所以在杰夫被否定之后，观众对他沮丧的心情能感同身受。同时，观众会因为共情，对此类也可能发生在自己身上的事感到毛骨悚然。事实上，每个曾在荒无人烟的野路上滞留的人都曾出现过这种想法：他们或他们爱的人可能会不露痕迹地突然消失。这种想法为虚构电影注入了一剂强力的现实药剂，让那些虚构的真实变得更加真实可信。

然而，药剂的作用可能很快就会退散，因为观众清楚地意识到日常世界充满制衡，同时他们还有诸多权威或系统可以提供查验和证实。编剧必须谨慎地打磨剧本情节，以维持观众对虚构现实的接受度与日常生活对电影的入侵之间的脆弱平衡。

寻求认同——信仰与理智的对抗

从康德到量子[①]，我们了解到，个人对现实的认知依赖于对熟悉模式的重复。如果这种认知超越了现实的范围，比如在惊悚片里经历了精神创伤的主人公，他遇事的第一反应就是通过反复确认现实生活来减少困惑和迷惘。毫无疑问，必定会有别人可以证明世界并没有发生改变，生活是正常的，先前的事故只不过是必经路线上的暂时偏离而已。当生活因为自然灾害、离婚、失业

---

① 康德（Kant）与量子（quanta）谐音。——译注

或其他不幸而偏航时，我们与朋友、社会群体甚至专业顾问交谈，寻求自然的修复机制，直到能够接纳、内化这些不安事件，让它们加入我们的现实体系。一般来说，我们处理创伤，而事实上，客观世界中没有任何东西改变，唯一的改变是我们与感官宇宙之间的关系。但是，在惊悚片中，对新认知的调整可不是这么容易的，因为与必须被接纳、内化的单一创伤事件不同，惊悚片主人公会不断受到令人心慌的骚扰和攻击，而几乎没有适应的时间。

> **罗伯特·克莱顿·迪安**
> 为什么他们跟着我？
>
> **布里尔**
> 你身上有他们想要的东西。
>
> **罗伯特·克莱顿·迪安**
> 我什么都没有！
>
> **布里尔**
> 如果你活过今天，我会非常佩服！[1]

惊悚片就如童年慢动作的噩梦，用不间断的夺命恐惧裹挟着你，不管你跑得多快、多远，都不可能挣脱。

---

[1] 电影《国家公敌》选段。

写作练习

汤姆，一个金属工人（铁匠、五金商、焊接工、雕塑工人、铆工，诸如此类）在某天半夜自己睡觉时被四个神秘男人绑架。汤姆被蒙上眼睛，并被带到一个隐秘的地方，他被逼迫用自己的技能去修建一个形状奇怪的绞刑架。在他干活的过程中，得知一旦完工，他们就会杀了他。但他找准了一个合适的时机成功逃脱了。汤姆无法回到有妻子的家中，因为他确信绑匪们会监视他的房子。他也无法去当局报案，因为他认出其中一个绑匪就是当地执法部门的负责人。

- 下列这几种"有限世界"的地点和时代背景分别为以上的惊悚片设定提供了什么？哪一种"有限世界"最能营造惊悚片氛围？

  - 巴黎，法国——1793
  - 华盛顿——1865
  - 纽约——1929
  - 堪萨斯城——2003
  - 火星某处——2150

- 这个惊悚故事中"有限世界"的具体边界是什么？
- 这些边界是如何把故事行为控制在可信赖体系中的？
- 哪些物品、场景、机械装置或设备的出现会与这个故事的可信赖体系相违背？

第六章

时间观

依循《编剧的核心技巧》及《如何写动作冒险片》中的提法，在类型电影的可信赖体系中，可信的真实时间（Plausible Moment）作为一种时间概念不能被简单地理解为影片内部的实际时间，它应该是一种更加宽泛的概念：包含了可辨别的时间到几乎不可察觉的时间。

当然，置于首要地位的时间是放映时间，或者说影片在银幕上实际播出的时长。在大部分情况下，观众不会过多地在意一部影片的放映时长，除非是一部时长非常长的电影。如果一部电影的时长超过2小时，无论观众多么喜爱这部电影，他们都免不了要问：这个故事有必要持续这么长的时间吗？这就意味着，电影中的每一个场景都必须给观众提供新的信息，必须不断地推动故事向前发展，这样就能让观众心理感知的故事时长比影片的实际时长更短。

惊悚片这一类型的特性就决定了故事要发生在一段高度压缩的时间内。观众对电影时间的感知应该和他们在真实生活中对时间的感知是一致的，这类影片的时间不能被过分地延展，否则就会突破可信度的极限。正是基于这一原因，一部惊悚片的时长达到 3 小时基本上是不可能的。惊悚片不要求史诗场景，不需要多样的人物结构，也不需要复杂的社会和政治力量介入。《角斗士》和《宾虚》(*Ben-Hur*)讲述的是被错误地、不公正地从日常生活中撕裂出来的男人们，被他们所处的社会背叛、被恶人的阴谋威胁，但这些影片的可信度都不及惊悚片，因为它们采用的是与惊悚片不同的"时代大事件"型时间概念，强调一种厚重的历史感或政治感。

一部真正的惊悚片依赖快速的叙事模式和技巧，这种模式为观众制造一种迅速觉察的故事时间。无论故事中虚构的时间跨度有多长，是像《秃鹰七十二小时》中的三天，还是《无懈可击》(*Arlington Road*)中的几周，或是如《悍将奇兵》中的仅仅数小时，所有惊悚片都要让观众感觉它的故事发生在非常集中的时间跨度内。观众们一直以来都知道，惊悚片需要将主人公放置在一个身体和社会关系都被孤立的环境之中，用以切断他从外界寻求帮助的可能性，而这样的设置就决定了这种类型的故事的时间呈现必须短暂且集中。感知时间的延长必然弱化惊悚事件的可信度。

✎ 不理智的时间

然而，在惊悚片中，有一种更具可塑性的时间，即主人公理性感知的潜在时间。大部分人的大部分生活都是可以被理性预测的。事实上，可预测性一直都是人类所追求的目标。从玛雅历法、英国巨石阵到亨利·福特可靠的流水线生产模式，再到如今的天气预报，都可以证明这一点。尽管我们常常抱怨千篇一律的工作或日日皆然的拥堵交通，但实际上我们需要对未来有所预期，从而保证自己处于理智状态。

恐惧是心生恶念时滋生的痛苦。
——亚里士多德

不过，如果没有未来呢？如果满满的恐惧充斥了内心而根本无法考虑明天？如果只剩下痛苦不堪、恐惧不已的现在？人类的恐慌反应是一个可观察且持续不断的过程。在此过程中，大脑中更原始的区域开始接管行为控制的职责，直到对时间的感知被彻底摧毁。[①]

平静 （Calm）	唤醒 （Arousal）	警觉 （Alarm）	恐惧 （Fear）	惊骇 （Terror）
新皮层 （Neocortex）	下皮层 （Subcortex）	脑边缘 （Limbic）	中脑 （Midbrain）	脑干 （Brainstem）
一直持续	数天/数小时	数小时/数分钟	数分钟/数秒钟	失去时间观念

恐惧的巨大作用让那些最理性的人也会做出非理性的行为，

---

① BRUCE D. PERRY. Neurodevelopmental Adaptations to Violence[D].Baylor College of Medicine,1996.

因为人类的"爬行动物脑（Reptilian brain）"[①]打败了大脑中的理性区域。

《霹雳钻》中浴缸戏就证明了原始恐惧不仅作用在主人公身上，同时也作用在投入剧情的观众身上。

> 巴贝躺在浴缸中陷入遐想。这时你将听见有生以来最恐怖的声音：有人在浴室外小声说话。巴贝躺在那里，仔细地听着，在房间内某个他看不见的地方，私语声再次响起。
>
> 他立刻冲到浴室门边，一把关上门并上了锁。他站在门后，瞪着眼睛，大声地喘着气。这时从门的另一边传来"咔嗒"声。
>
> 巴贝关掉浴室灯。客厅的灯光从浴室门缝里透射进来。又一声"咔嗒"声在外边响起，厅里的灯也暗下来。声音再次响起，灯光继续变暗。整个场面恐怖极了。又是一声响动。客厅灯光全灭。
>
> 巴贝重新打开浴室灯，一把抓起他的睡衣，迅速地穿上。片刻的寂静后，另一种"吱嘎吱嘎"的声音响起。
>
> 有人在试着拧松并破坏固定浴室门和门框的铰链。巴贝盯着那儿看了一会儿，然后在浴室内四处打转，试图寻找帮助，他打开洗脸池上的柜子，可里面除了一柄电动剃须刀和一把牙刷之外什么也没有。

[①] 保罗·麦克里恩提出的"脑的三位一体"假设由爬行动物脑、古哺乳动物脑和新哺乳动物脑组成。其中爬行动物脑是发生在2.5亿年前的大脑第一阶段的演化，作用是当人遇到危险和压力时会启动自动保护功能，比如做出逃、打、僵住等行为。——编注

门上有三个固定的铰链，现在最底下的一个已经被拧开。没过一会儿，中间那个也已经被拧松。浴室里没有窗户，根本无处可逃。

> **巴贝**
> 有人吗？听着——赶紧报警——

……巴贝冲到门边，他紧抓着门把手，这时第三个铰链也已经被拧松，如果第三个铰链被弄掉的话，门就会被打开，巴贝开始放声呼救——

> **巴贝**
> 帮帮我——看在上帝的分上，有没有
> 人帮帮我——求求你们—— 有没有
> 人——快——求求你们了！

最后一个铰链已经被拧开了，在拧开的那一刻——

巴贝猛地一下拉开门冲出去，冲向他的书桌。在门被打开的那一刻，我们看见外面的人是林佩尔——那个抢劫埃尔莎的人。巴贝用肩膀撞开他，可就在这时——

一个大块头从黑暗中出来，在巴贝还没有接近书桌抽屉时就用难以置信的力量将他放倒。巴贝还来不及爬起来，大块头已经制服了他，大块头一把抓起巴贝，把他扔进亮着灯的浴室里……

被制服的巴贝，非常震惊。他试图移动，但大块头强行把他拉回来并把他的头摁进浴缸。他把巴贝压在……

事实上，我们很难解释为什么林佩尔和大块头会随身带着撬门的工具。如果情节设计成他们在巴贝的浴室外等他出来再拿下他并把他带到塞尔的藏身之处，这会合理很多。不仅如此，在他们弄开浴室的门抓住他们的猎物巴贝之后，巴贝已经完全任凭摆布了，他们根本没有必要再将这个无助的人按在浴缸里。从理性的角度看，这些行为都不合常理。

与以上场景类似的是，在影片《悍将奇兵》中，货车司机雷德对杰夫·泰勒玩的那一套大费周章的装聋作哑也完全没有必要。既然雷德与他的同伙想勒索杰夫，那么他们何必装作不认识杰夫呢？不过，理性逻辑不是创作剧本主要考虑的因素。《悍将奇兵》的情节设计使雷德的行为看上去似乎也有一定说服力，因此也增加了杰夫与观众的恐惧。

✏️ 安全吗？

理性是大脑皮层的机能，它负责权衡人生中的各项决策。但当大脑皮层被贪婪的爬行动物脑打败后，恐惧将会吞噬理性、思虑甚至时间本身。纯粹的恐惧将成为仅存的现实。可预测的生活态势将在恐惧的影响下完全扭曲，人物将仅剩下对现在的持续恐慌。自我认知的信心打碎，内心的指南针也变得紊乱，在这个不理性的宇宙中，人物是无法做出理性回应的。

巴贝，神情恍惚，穿着浴衣，身上湿漉漉的。他坐在一张椅子上，椅子在一间没有窗户的房间里。

巴贝眨眨眼睛，试图更好地看清他所在的这个地方，他毫不惊讶地发现自己被绑在椅子上。房间内的光线亮得有些不寻常。房里有一个水槽、一张桌子，看上去都很干净。声音从他的身后传出来，林佩尔和大块头走到椅子边。大块头的手上拿着一沓叠得很整齐的干净的白色毛巾。

一个秃头的男人走到椅子边，手里拿着一块卷着的毛巾。

他示意别人把台灯拿近一些。林佩尔迅速看懂了他的意思并照做。秃头男人快速转身去洗手，然后开口发问——

秃头男人

它安全吗？

巴贝

什么？

秃头男人

它安全吗？

巴贝

什么安全吗？

秃头男人

它安全吗？

巴贝

我不知道你指的是什么。

秃头男人

它安全吗?

巴贝

我根本不知道你问的对象是什么,我怎么能告诉你它安不安全?

秃头男人

它安全吗?

巴贝

——告诉我,这个"它"指什么?

秃头男人

它安全吗?

巴贝

是的,非常安全——它安全到让你难以置信。现在你满意了吧。

秃头男人

它安全吗?

巴贝

不,它不安全。非常危险。你要小心。

秃头男人低头盯着巴贝看了一会儿,内心活动非常剧烈。之后,他点了一下头,展开手里卷着的毛巾,我们可以看到毛巾里卷着的东西:一套牙医工具。

优秀的惊悚片的结局，往往是主人公的生活被永久地改变了。以《秃鹰七十二小时》为例，虽然乔·特纳在与希金斯（克利夫·罗伯逊饰）的最后对抗中，将犯罪证据交给了《纽约时报》并借此逃生，但讽刺的是，他在最后突然意识到，他的余生将始终笼罩在一层不祥的阴影中。

> **希金斯**
> 你这样做所造成的损害远比你想象的严重。
>
> **特纳**
> 我正希望如此。
>
> **希金斯**
> 你将会成为一个孤独终老的人，特纳。
>
> 毫无征兆地，特纳面向着希金斯，慢慢地走开。他的视线越过希金斯的肩，朝他身后的车子看了一眼。车子里坐着两个人，他们还在那里等待着希金斯的指示。
>
> **希金斯**
> 结果不一定是这样的。
>
> **特纳**
> 结果就是这样了。
>
> **希金斯**
> 特纳，你怎么确定他们会报道这件事？

> 特纳停下来，盯着希金斯。希金斯微笑着。
>
> **希金斯**
> 你可以这样走掉。但你能走多远？如果他们不报道这件事呢？
>
> **特纳**
> 他们会报道出来的。
>
> 路人从二人之间走过。
>
> **希金斯**
> 你怎么知道？

惊悚片中的主人公被困在危机四伏的环境里，就像一个溺水的人在拼命挣扎，希望抓住一根救命稻草。当然，故事需要一位妻子、爱人、朋友或者某个公共机构的帮助，让他可以重新确认熟悉的现实，需要一个救星能够引领主人公走出迷宫。

但正是这个将主人公拉回正常状态的人，最终又将他推向另一个恐怖的深渊。

写作练习

- 以下电影中,哪些元素影响了影片的时间状态?
  - 《异形》
  - 《恐怖角》
  - 《血网边缘》
  - 《擒凶记》
  - 《双面女郎》

- 一部恐怖片的时间越接近现实世界的时间,就越能激发观众的恐惧心理。为什么?

第七章

人物气质

我们从古希腊的道德观中衍生出的伦理一词，可以用来指代一个民族的自然禀赋或独特的精神，以及受此影响的人的特点。在电影作品中，它指的是人物的一套基本行为原则，这些原则指导着人物的日常行为活动。

正是这些基本的道德选择决定了一部电影中谁是主人公，谁是反派。人们在每天的生活中需要不断地做决定。从日常小事到重大决策，每一次的决定都基于人们对这些选择将如何影响他们的生活所做的预判。电影中的主人公做决定时也是基于同样的道理。一个决定在安全或经济方面的风险越大，人们在该决定上所花费的思考时间就会越长，并且往往会选择采取最少的行动和最小的代价去达到目标。没有人会自愿接受真正的高风险，这不仅仅是因为自己的经济、幸福甚至自由可能会受到威胁，也因为一旦决定错误，将不得不重建自己曾谨慎维护的个人形象。

虽然电影主人公与现实生活中的真人共享着同一套人物特质，但电影毕竟不是生活。电影是被放大的生活。编剧设计出戏剧化的场景与情境，让主人公不得不去面对他们的决定所造成的结果。但是，该结果将不同于主人公或观众的预期，这个意料之外的结果将迫使主人公继续做出更艰难的选择，新的选择同样不会尽如人意。如此往复，直到主人公与反派之间的冲突和矛盾到达最高潮，此时主人公必须紧握自我意识，从而以决断性的手腕解决掉所有外部问题。简单地说，主人公做出的艰难抉择是建构故事中戏剧性行为的关键。

电影中的一切有效动作都基于合理的因果关系。人物的实际行为是由他们对外部目标的欲望驱动的。行动能否成功依赖于他们在行动过程中的每一次决定，而这些决定又受到人物的自我观念即内在需求的支配。如果没有艰难抉择这一环节，那叙事轨迹就会失去根本的推动力。如果人物的实际行为缺少合理的动因，那么故事就会沦为一堆噱头。无论这些噱头有多么富有吸引力和创造力，整个故事都不再具有戏剧性，因为人物的行为不是基于决定做出的。甚至可以说：实际上，什么也没有发生。

惊悚片需要主人公所做出的决定能够揭示出其在面对"我该怎么办"这个问题时的茫然与脆弱。同时，观众也一直努力试图去想象：如果自己碰到同样的情况将会如何应对。因为这些抉择所基于的价值观是为主人公和观众所共享的。正是这种共通才让观众能够对主人公所面临的困境感同身受。

惊悚片的主人公

✓ 主人公是被突然扔进极端情境中的普通人

通过对主人公的求生欲产生共情,观众们也能切身体验到这种噩梦般的处境。从表面上看,惊悚片和动作冒险片有许多相似的元素,但有一个明确可以将两种类型区别开来的差异:惊悚片的主人公是日常生活中的普通人,在完全没有准备的情况下突然被拽进毁灭性的环境当中;而动作冒险片的主人公无论在身体、精神还是道德方面都已经有所准备,他们主动地投入制服反派的斗争之中。《异形》就是讲述一群星际飞船的驾驶员被困在一个令人恐惧的迷宫中无法逃脱也无处寻求帮助的惊悚片。

《异形2》则是一部动作冒险片,它的主人公是一位海军陆战队的硬汉,被指派去完成某项任务,并且对即将面临的危险是完全了解的。当然,惊悚片的主人公也可能是一个不一般的甚至专精某个行当的技术人才,但在面对其所处的惊悚故事的特定情境时,他还是相对懵懂无知的。

✓ 主人公不是格斗高手

虽然主人公可能具备一些与处境并无直接关联的技能,但他不能是诸如格斗、武器等任何能给人致命打击的救命技能方面的专家。在《秃鹰七十二小时》中，乔·特纳的CIA（美国中央情报局）档案中提及他在军队服役时曾在通信领域工作。这项专业知识成为他后来做出打电话回总部时搞乱电话线路以防止自己被定位追踪这一行为的能力基础。

✓ 主人公没有得到"官方许可"

惊悚片不像动作冒险片，后者的主人公从一出场就具备某种军人或警察的形象，他们持有"官方许可"，为了履行职责而与敌人对抗。惊悚片的主人公往往是一个被扔到极端境遇中的普通人，因此无法拿到任何来自官方的"杀人许可"。这一点非常重要，因为惊悚片的主人公实际上是在代表观众展开行动，他们的所作所为必须契合观众的道德观。换句话说，无论情境多么急迫，主人公只有在自己或他人生命受到威胁的时候才能杀人。主人公是观众在影片中的代理人，只有观众自己在现实生活中碰到类似情况也会选择"扣动扳机"的时候，杀人的权力才会被赋予主人公。

✓ 主人公对其所处的困境感到困惑

惊悚片主人公最强烈的原始反应是怀疑一切。在《西北偏北》中，主人公罗杰·桑希尔在完全巧合的情况下召唤了那个为乔治·卡普兰先生服务的行李生。

桑希尔从衣服内袋里拿出一支笔和一个长信封,他给行李生写下地址。

> **桑希尔**
> 你看,我得立即发个电报。你能不能帮我个忙,我把它写给你,你帮我去发一下?

> **行李生**
> 我们不允许这样,先生,请跟我来——

> **桑希尔**
> (对桌上的其他人说)
> 不好意思,失陪一下。

> **韦德**
> 请便……

桑希尔与行李生一起走开……

橡树酒吧门外

桑希尔和行李生从屋里出来。

> **行李生**
> (指着那边)
> 先生,就在那儿。

> **桑希尔**
> 谢谢。

桑希尔开始朝西联①办公室走去，行李生则朝着另一个方向离开。突然，两个男人非常低调地走到桑希尔身后……他们中的一个人轻轻拍了一下桑希尔的肩膀。桑希尔停住了脚步并回头看。

桑希尔
什么事？

第一个人
车在门口等着。你在我们中间，和我们一起走出去。不要出声。

桑希尔
你在说什么？

第二个人
（抓住桑希尔的手臂）
走吧。

桑希尔
去哪儿？你们是谁？

第一个人
我们只是带着枪替人办事跑腿的小人物。他的那把枪现在正指着你的心脏，所以，请你不要错误地判断现在的形势，请你配合一下。

---

① 西联（Western Union）：全称为西联国际汇款公司，成立于1851年。——编注

> **桑希尔**
> （扯开抓着他的手）
> 这算什么，一个玩笑吗？
>
> **第二个人**
> 是的，你就当它是个玩笑吧。
>
> 他把手从口袋里拿出来，用一把枪顶住桑希尔的肋骨。
>
> **第二个人**
> 让我们在车里再笑吧。
>
> 桑希尔盯着那个人看了一会儿。
>
> **桑希尔**
> 这真是不可理喻。

这就是一个典型的坚决不信、持续怀疑"为什么是我"的情景。不愿意接受现实中的突然变化，正是这种态度将主人公置于致命的危险之中。主人公拒绝接受剧变的世界，坚持要恢复平常的轨道，这种冲动使他陷入更深一层的危险迷宫。在电影《无懈可击》中，迈克尔·法拉第教授（杰夫·布里奇斯饰）始终拒绝接受妻子已经死亡的痛苦事实，因而把自己推向了危险的境地，这种危险完全超出他能够预计和掌控的范围，最终导致了悲惨的结果。同样在电影《双面女郎》中，因为阿莉拒绝接受自己对亲密室友海迪有着错误认知的事实，所以在人身遭遇危险之前，阿莉并没有意识到海迪的精神病已经严重恶化。

✓ 主人公在生活中是"半吊子",是刻意逃避约束的人

惊悚片的主人公很难被塑造成一个钢铁般坚强的人,但是总的来说他们有着类似的道德准则,即都是喜欢逃避和拒绝正面应对的人。他们已经发展出一套用于回避问题的策略,并以此来应对每天生活的压力。在《西北偏北》的开场,罗杰·奥利弗·桑希尔就以一个油腔滑调、老于世故的广告人的形象出现,对他忠诚的秘书不断发号施令。他甚至差遣秘书给他母亲送花。通过这位秘书的描述,我们知道桑希尔的"三位前妻和众多相好"都指望着他,显然他绝不是一个值得信赖和依靠的人。《秃鹰七十二小时》中的乔·特纳则是一个爱偷懒的人。当轮到他出去为大家买午餐时,为了省那么一点路,不走惯常的大门路线,选择从后门栅栏的一个破口溜出去。也正因为此,他逃过了之后发生的谋杀事件,但这个场景同样也体现了特纳是一个不受约束的人。《霹雳钻》前段的一个场景为巴贝这个角色做了非常重要的铺垫。巴贝在中央公园跑步时,碰到一个非常厉害的跑步爱好者,一开始他试图努力跟上对方的速度,但当发现要跟上对方越来越难时,他并没有选择加快步伐,而是选择完全停下脚步。在这个场景中,他所做出的选择造成的后果是微不足道的,但这样一种不坚定的性格在接下来的故事中将一步步令主人公导向死亡。事实上,每一部惊悚片都以一个人格不完善的主人公开始,在生活中,他们缺少必要的责任感或面对困难的勇气和信心。这种不完整的人格,在惊悚片的故

事中会不断受到考验。

✓ 主人公有一个简单的目的——活下去

惊悚片的主人公或多或少都有些自我中心主义，同时还被故事中的反派直接威胁着，所以他在故事中最基本的目标是摆脱死亡的威胁。这是编剧在写惊悚片时永不能忽略的一条叙事轨迹。如果说观众在意什么事的话，那就是主人公能不能活下来。所以，任何把叙事轨迹从求生这条线上引开的尝试都是在挑战观众的耐心，并将最终影响故事的可信度。

✓ 主人公发现，自我救赎是将社会从威胁或阴谋中拯救出来的唯一办法

几乎所有惊悚片的反派都不仅仅对故事的主人公构成威胁，他们同时象征着一种面向全社会的更大威胁。《秃鹰七十二小时》中的乔·特纳发现了 CIA 内部的秘密，《霹雳钻》中巴贝为纳粹分子的阴谋所困，《西北偏北》中的罗杰·桑希尔被卷入国际间谍组织的老巢。即使那些牵涉范围相对较小的惊悚片如《盲女惊魂记》和《双面女郎》，故事的主人公仍是唯一可以阻止邪恶力量蔓延至整个社区的人。对于观看惊悚片的观众来说，引发恐惧的关键是潜在的扩散危机。尽管他们能体察和认同主人公的困境，但真正可怕的是恐惧绵延至真实社会的可能性。英雄的死固然是让人遗憾的，但英雄毕竟仅仅是一个人而已。然而，如果这个人是

唯一能够与邪恶势力对抗的角色，那么他的生死斗争就会变得更有价值。不幸的是，并非所有惊悚片都认真地对待这一条要求，以《国家公敌》为例，故事设计的所有威胁最终都演变成颂扬勇气的喜剧元素，而由反派建构起来的强大的社会威胁在结尾被一场几个小丑之间的滑稽枪战完全消解了。

✓ **主人公所具备的勇气、荣誉或行为准则尚未经过考验**

这当然不是说惊悚片的主人公都是胆小鬼，但惊悚片主人公的勇气和动作冒险片的有一个显著差异：惊悚片主人公的勇气是在背水一战时为了自保而被激发出来的，动作冒险片主人公的勇气则来自个人准则所催生的坚定信念。惊悚片和动作冒险片的另一大区别是，动作冒险片的主人公因为道德信念获得勇气，而惊悚片的主人公因为勇气获得道德信念。

《霹雳钻》里有一个非常有趣的场景，当原纳粹死亡集中营里的塞尔医生被迫潜入纽约钻石一条街去典当他的宝石时，碰到了一个他曾经折磨虐待过的犹太人。

> 一个丑陋的老妇人驼着背、一直哆嗦着想过街。她颤抖地举起她的手，指向塞尔，并站在那儿用尽体内所有的力量大喊——
>
> **丑陋的老妇人**
> 白衣天使——塞尔——塞尔——

> 塞尔用尽所有力气让自己稍微镇定一点,试图让自己不要惊慌逃窜。他做到了,他避开老妇人的方向,重新恢复正常的步伐走向第六大街。"塞尔"的呼喊还在远处飘荡。
>
> 对于塞尔来说,虽然浑身是汗,但是一切在掌握之中,没有抽筋而是迈着沉稳的步伐快速离开,但突然——
>
> 一位留着胡子的老人若有所思地听着,四处张望——
>
> **留着胡子的老人**
> 塞尔?——塞尔在这里吗?
>
> 另一位老人也在四处转身张望。
>
> **另一位老人**
> ——塞尔在哪里?
>
> 丑陋的老妇人还在不断嘶吼,不断用她那粗糙、颤抖着的手,指着塞尔前进的方向——
>
> **丑陋的老妇人**
> (更大声,持续地喊)
> 不——不——白衣天使在这儿!!!

与此同时,巴贝,一个在生活中尽最大努力逃避一切责任且缺乏勇气的人,出于救命自保而被绝望激发起了勇气和道德责任感。他不仅要找到那个纳粹分子,而且要把他消灭掉。

塞尔跪在楼梯旁，放下手里的公文包。在他身后是异样昏暗的灯光和朦胧的水滴……

各种财宝（其中包括钻石）占满了整个公文包……

> **塞尔**
> 我只有一个要求：给我留一点点。只要你认为是公平的就行。

> **巴贝**
> 公平？我惊讶于你竟然也知道这个词。你这一生做的事情里哪一件是公平的？

> **塞尔**
> 三十年前的事了——我做的那些事情已经过去半辈子了，就算法律也有诉讼时效的。你是一个学者，你想这个时效到什么时候？你很年轻，很聪明，是啊，可是并不智慧……

巴贝举起他的手枪，扣上了扳机准备射击。塞尔屈服了，他看上去就是一个无助地乞求着别人的老头子。

> **塞尔**
> 你为什么非要我的命不可呢？我现在还剩下多久？五年？五年在垃圾堆里东躲西藏、充满恐惧的日子。你把我

> 这样的五年夺走能给你带来什么好处呢,但我现在却能给你一辈子的梦想。
>
> 塞尔现在这个样子真的很可悲,直到他的右手慢慢动起来,手里的刀子已经悄悄滑到利于进攻的位置上。塞尔突然挥起右手发起攻势。正在这时,我们听到一声枪响,塞尔跟跟跄跄地退后几步,他不敢相信眼前刚刚发生的一切。
>
> 是巴贝。他非常镇定,手里拿着枪,准备随时再开一枪。现在的他已经不是我们在影片开头时看到的那个毛头小子了。

惊悚片中的反派

✓ 反派与主人公道德立场相背

戏剧的核心是对立和冲突。一方为了某一个原因与另一方斗争。这个原因必须与角色的价值观有直接的联系。主人公在拼尽全力要活下来的时候,他们拥有的选项理所当然地和反派不同。反派不仅与主人公的道德立场不同,而且他们可以为了达成某个目的不择手段,展开包括杀人在内的任何行动。

✓ 反派制造出不间断的恐怖氛围

反派对情节的推进是通过不懈追求某一目的达成的。于是，来自主人公的干扰就不仅仅是一点点小麻烦，而是对反派完成目标的潜在巨大威胁。反派必须不断阻止主人公，使其不能妨碍自己。

✓ 反派都乐于杀戮

反派的道德观允许他们杀害任何妨碍自己实现目标的人。对于主人公来说，杀人多少是出于自卫的行为，必须经得起观众的道德检验。而对于反派来说则没有这样的约束。如果反派要和主人公一样服从一致的道德约束，那么正邪之间就没有冲突了。

✓ 反派都异常强大

反派代表的往往是一个极大的阴谋或某种巨大的威胁。他将威胁到主人公及其所处的整个社区即将实现的计划，这种破坏甚至可能延伸影响到观众。在《秃鹰七十二小时》中，隐藏在CIA中的秘密团伙可能威胁到整个中东的安全；在《西北偏北》中，旺达姆向敌国政府售卖国家机密。甚至是《异形》中，公司给予生化人科学官阿什秘密指令，让他违反规定将异形带回地球；《悍将奇兵》中，雷德和他的朋友们在伏击那些无辜的旅行者，直到他们被杰夫·泰勒阻止。

✎ 与被改变的现实搏斗

每一部惊悚片的威胁都会超越银幕的范围,蔓延至银幕外,影响观众对安全的感知。一部真正成功的惊悚片必须让观众在离开影院时仍感到刺激、警惕,甚至令他们对重新走进的外部真实世界产生怀疑。事实上,惊悚片不仅需要改变银幕上人物对于真实的认识,同时也要改变观众对真实的认识。由于惊悚片有设计紧凑的故事,因此常常被看作情节密集型电影,但是如果一部惊悚片没有达到让观众感到紧张的目的,问题往往出在人物设计上而不是情节上。

扁平的人物是惊悚片的毒药。要设计一部让观众好奇、让观众不断追问"接下来要发生什么"的惊悚片其实并不是特别困难。更为复杂的问题其实是"为什么这些事会发生",而对于这个问题的解答将会在主人公的身上找到。如果这个问题的答案与主人公之间没有形成有效的连接,剧本就必然会变得扁平、撑不住,并且走向一个无力的结尾。

这正是伪惊悚片《沉默生机》(*Don't Say a Word*)中存在的问题。电影设计了主人公的孩子被绑架的情节作为驱动主人公行为的动机。纳森·康拉德医生(迈克尔·道格拉斯饰)在影片中碰到的问题其实和《擒凶记》中的本·麦克纳医生、《无懈可击》中迈克尔·法拉第教授以及《赎金》(*Ransom*)中汤姆·马伦(梅尔·吉布森饰)所碰到的问题是一样的。可不同的是,康拉德医生是一个过于扁平的人物,他从来没有真正被迫面对孩子被绑架所带来的新的现实状况。因此,他在拯救被绑架孩子的过程中没有真正地面对困难中的自己。

在这个故事里,反派一直展现出一种非常荒谬的能力,他们能够知晓康拉德医生的每一步行动。这种先见之明让观众开始疑惑:既然他们这么厉害,为什么还需要康拉德的帮助去展开他们的计划。最致命的问题是道格拉斯饰演的这个人物太过单调,在故事里他的自我认知始终没有发生一点改变。他在故事之初非常愤怒,而愤怒成为整个故事唯一的情绪驱动力,直到一个奇迹般的巧合发生:他和他的孩子被一个"从天而降"的女警官搭救。这个女警官来自一条完全独立的叙事轨迹,她的功能仅止于完成本该由主人公完成的英雄事迹。影片的主人公根本就没有能力来当这个"英雄",因为他在故事中没有进行任何的自我发现。也就是说,磨难并没有让他更加清醒和深刻地认识自我,所以在故事最后,他又回到了最初的现实之中。

如果我们对人物设计进行一些调整,让康拉德医生傲慢地炫耀自己能够读懂病人内心秘密的能力,这会给故事增加多少冲击力?现在,当面临孩子被绑架的危机时,他发现正是自己的自我膨胀才把孩子推向了险境。作为一名精神科医生,他的能力并不像他自夸的那么强大。走投无路的绑匪随时可能杀人,绑匪的存在使康拉德医生的生活发生骤变。医生自身的恐惧和他已经乱得一团糟的办公室一起,显示出一种他无法掌控的慌乱的局面。在这个全新的现实情况下,他需要快速地学会一些新技能,否则他和他的女儿都会丧命。

类似的情况也发生在电影《无懈可击》中。故事里主人公的生活平衡也被打破,一只脚已经踏入丧妻之痛的困境。迈克尔·法拉第教授一直拒绝接受妻子已经在一次执勤中含冤牺牲的事实,所以他从影片一开始就以狂躁的形象出场。就惊悚片而言,这其实是一个很尴尬的设定,对于法拉第这个人物来说,给他巨大打击的事情是短时间内发生的一个意外[①],而不是一个持续存在的威胁,后者显然对于塑造惊悚片的主人公而言是更有利的。如果《无懈可击》的主人公与他最终葬身的FBI大楼没有那么多的情感联系的话,那么这会是一个更有说服力的故事。如果法拉第除了身为学者的敏锐观察外便与整个事件毫无关联的话,那么邻居的恐怖真面目不仅能对主人公造成更大打击,也会给观众带来更强烈的不安情绪。

✎ 背叛——自我的毁灭

事实上,主人公所处的现实发展到了不可挽回的地步才是惊悚片的精髓所在。不过惊悚片的主人公其实并未完全准备好接受这一现实,因为人物往往是阻止和拒绝接受改变的。熟悉的世界

---

① 指妻子的突然死亡。——译注

的突然毁灭会让惊悚片主人公像一个溺水者一样,拼命渴望得到拯救,乞求世界不要脱离它原本正常的轨道。这个以前总是在试图逃避责任的人物,现在却开始向爱人、朋友或社会寻求帮助,希望他们承担起救助者的责任,把自己的生活带回正常轨道。

但在惊悚片中有一个至关重要的元素:主人公寻求帮助,但收获的却是背叛。这样的设计迫使主人公不得不在最糟糕的处境下直面未知恐惧——完全孤立,只能靠自己。这种被抛弃的感觉能给主人公和观众带来最深刻的恐惧体验。

如果没有这种被迫的背叛造成的孤立,主人公将永远无法真正面对自己内心的弱点,也就不可能逃脱死亡。反派角色虽然没有类似的致命弱点,但在智慧或策略上必然存在盲点或缺陷。但如果主人公没有放弃那些不切实际的依赖他人或寻求庇护的想法,他就无法发现反派身上的弱点。换句话说,惊悚片中的主人公必须经历成长并成为自己生命的主宰。

惊悚片《玻璃屋的秘密》(*The Glass House*)完全建立在"被父母遗弃"这个常见的童年噩梦基础上。在这部片子中,背叛来源于父母的意外丧生,孩子们的整个世界被一对邪恶的新监护人颠覆。鲁比·贝克(莉莉·索别斯基饰)和雷特·贝克(特雷弗·摩根饰)的父母在结婚二十周年纪念日的回家路上不幸遭遇车祸身亡,这是第一个"背叛"——如此意外地失去双亲在孩子的心目中与被遗弃的感受是类似的。当鲁比和她的弟弟被送去新监护人特里·格拉斯(斯特兰·斯卡尔斯高饰)和埃琳·格拉斯

（戴安娜·莱恩饰）那里生活时，他们逐渐发现了另一个更糟糕的背叛：曾经被认为可靠的家庭好友不仅对照顾两个孩子不上心，更可怕的是，实际上他们正是谋杀两个孩子父母的凶手。面对无可辩驳的铁证，鲁比不得不独自扛起保护弱小弟弟并向成人世界揭露格拉斯夫妇罪行的重任。这部现代版的格林童话《汉塞尔与格雷特尔》(Hansel and Gretel)极好地适应了年轻观众的胃口，同时展示了童年时代就已存在的对孤立无援的恐惧，并证明了在任何惊悚片中，恐惧都来自"背叛"。

家庭内的背叛也是电影《双面女郎》的一个主要叙事动力。阿莉的未婚夫萨姆（史蒂文·韦伯饰）出轨了，阿莉无法接受这一突如其来的变故，她把萨姆赶出家门之后，寻找一个能填补空位的新室友。但事实上阿莉不仅仅是在寻找一个可以填补空余房间的人，也在寻找一个在萨姆离开后可以填补自己心灵空缺的人。在脆弱的情感状态下，阿莉让自己遭受了更严重的情感背叛。她越是希望从新室友的友谊中获得依靠，就越难接受新室友海迪天真外表下的谎言。只有当阿莉被迫改变对海迪的认识后，她才能真正掌控自己的生活——或者是失去一切。

背叛还会以"幻灭"的形式呈现。比被爱人背叛更打击人的，是曾经可信赖的某种制度宣告失败或某个理想破碎，这会让主人公陷入无限的惶惑，以至于无法展开自救行动。正如前文所述的影片《秃鹰七十二小时》中呈现的，一个CIA组织内的秘密部门被袭击，乔·特纳是袭击事件中唯一幸存下来的人。他极力希望自己的安全得到保障，但又不知道可以信赖谁。在一次由部门主管安排的会面中，特纳同意与一个叫威克斯的CIA特工接头，这个特工和特纳的朋友萨姆·巴伯一起，将在一条后巷中与他碰面。

特纳
特纳深吸一口气，从防火通道口走出来。他停在阴影里，在后巷的转角仔细地看着巷子里的情况。

特纳的主观视角
他看见萨姆·巴伯在巷子里靠墙站着。

特纳
他松了一口气，开始从街角转进小巷。

小巷
威克斯小心地调整位置。然后，他突然故意向一堆叠得并不稳当的木箱底部猛踢一脚，小巷里一大摞木箱倾倒。

特纳
他跳到一边……伸手摸枪。威克斯迅速从阴影中走出来，拿起已经上好消音器的马格南左轮手枪，然后——他竟然开枪！

在特纳头顶一英寸的地方，一块砖被子弹打落，碎末掉到特纳的头上……打在墙上弹飞的子弹呼啸而过。

巴伯
（惊呼）
嘿！是他！你这是在干什么？！

特纳迅速移动到另一边，躲到垃圾桶的后面。

> 威克斯令人难以置信地再次朝特纳开枪。特纳推倒垃圾桶，同时拔出枪。他双手紧握着手枪并扣动扳机！枪声在小巷里形成强烈的回响。威克斯的腿被打中，并倒下。
>
> **特纳**
> 特纳爬起来，几乎不敢相信正在发生的事情。
>
> **威克斯**
> 威克斯努力尝试再次射击！
>
> **特纳**
> 萨姆？！
>
> 又一轮扫射在特纳的耳边响起，他迅速跑开。
>
> **威克斯**
> 镜头对准威克斯的脸，他尝试再次开枪。然后——他快速将手枪转过90度，指着小巷的另一边——
>
> **巴伯**
> 巴伯呆滞地站在原地。子弹射出的沉闷声音再次响起，击中了巴伯不受防弹衣保护的颈部。
>
> **外景　西74街 & 百老汇**
> 特纳万分惊恐地从小巷中奔逃……

一切都弄清了，特纳被他曾经效忠的组织列为清除对象。特纳原本希望依靠那些人来拯救自己，如今他们却无情地打破了他对熟悉的现实的依赖。

✏️ 重获新生

与其他类型相比,惊悚片的主人公显得相对脆弱,他们在生活中总是努力避免冲突的发生。以电影《最高危机》(*Executive Decision*)为例,奥斯丁·特拉维斯中校(史蒂文·席格饰)指责戴维·格兰特博士(库尔特·拉塞尔饰)缺乏实战经验,认为他只是纸上谈兵。

> **特拉维斯中校**
> 我读过你的简报,你考虑过别的——更现实一些的选择。
>
> **格兰特**
> 绑架和刺杀一类的行动早就不在考虑范围内了,它们太危险,也太具有煽动性。
>
> **特拉维斯中校**
> 看看你现在的状况吧,那些以色列人把你玩弄于股掌间。对待像亚法这样的禽兽们就只有一个办法——消灭他们。在街头或他们家的走廊里,一枪解决。这是唯一一种他们能理解的正义。
>
> **格兰特**
> 国家批准的谋杀就是另一种形式的恐怖主义,中校。

> **特拉维斯中校**
> 放屁。和去年夏天在西班牙被枪杀的孩子的家人们说这些吧。你得从象牙塔里走出来,格兰特,看看真实世界的样子。像亚法这样把妇女和孩子作为目标的人渣,就该被当作动物一样对待。

我们的主人公在之前的现实生活中当然可能具备一些非常重要的技能,但如果他们身处险境,处在一个已经全然改变的现实状况下,就完全不同了。就像《悍将奇兵》中的杰夫·泰勒那样。

> **厄尔**
> 你是我见过的最愚蠢的混蛋。以为我们突然才找到你吗?你那辆崭新的车,马萨诸塞州车牌——人们怎么可能不会记得你!你应该在车头上贴:"有钱的混蛋,正在找麻烦!"

这些脆弱又喜欢依赖他人的主人公是成功的惊悚片的叙事轨迹中十分重要的组成部分。因为只有打破他们对现实的那些幼稚的认知,才能强迫他们去面对困难,去获取与邪恶斗争的力量。换句话说,为了活命,他们必须告别天真,并开始接受这个残酷的现实世界。

> 生活的起落与一个人的勇气成正比。
> ——阿纳伊斯·尼恩[①]

当面对诸如溺水等危及生命的灾祸时，我们的身体会立即做出反应，原始的脑干接管呼吸功能、心率和肌肉的行为控制，以维持机体运作。可是，这些应激状况下的自主行为并不一定是求生的最佳选择，所以海岸警卫队的救生员、警察、军人及其他应急职业从业人员都会被训练如何抵抗身体的应激反应，将大脑皮层的分析区域训练至更高的水平，以保证他们在极端恶劣的情况下能够冷静地思考。

在日常现实被完全破坏之后，毫无准备的惊悚片主人公保持理智的唯一途径，就是接受自己那些陈旧且多愁善感的观念已不再有效。而在这种情况下，正如救生员一头扎进冰冷的水里，主人公必须抵御那些来自本能的恐惧，强行保证大脑思维正常运转。无论他们处于何等无助的境遇中，都必须坚持孤独的反抗，因为这是他们唯一的生路。

[①] 阿纳伊斯·尼恩（Anaïs Nin，1903—1977），世界著名的女性日记小说家、被誉为现代西方女性文学的开创者。——编注

✎ 揭示邪恶

大部分惊悚片在最开始的阶段都试图依靠某种手忙脚乱的追逐来驱动故事,这种追逐会在一个节点突然收紧,因为主人公意识到无论自己跑得多快、逃得多远,也还是无法逃出反派的魔爪。经过这一阶段后,惊悚片的故事进入围困局面,主人公变成了一名侦探。主人公必须有所转变并开始搏斗,但如果他并不会功夫或其他军事技能,那就不得不依靠手边任何可以使用的工具与反派斗智斗勇。为了在与反派的斗争中取得胜利,主人公必须搜集反派的罪证,并以此来攻击反派的弱点。正如乔·特纳在《秃鹰七十二小时》中所做的那样。再想想《异形》中的雷普利(西戈尼·韦弗饰),或想想《盲女惊魂记》中的盲女苏济·亨德里克斯,她利用黑暗的环境,与虐待狂哈利·罗阿特(艾伦·阿金饰)展开斗争。

✎ 被改变的世界

在经历了整部惊悚片的锤炼后,主人公们在叙事轨迹的最后将以全新的面貌回归,他们必须变成一个能够掌控自我命运的人。再想完全回到原本的生活中已经不可能了,主人公必须拒绝成为已改变的现实的牺牲品。在影片《悍将奇兵》中,杰夫·泰勒自身凶狠的一面被激发。

雷德注意到大家的注意力已经不在他那儿了。他在椅子上转了个身,看着——

杰夫

他站在门口,举着枪,衣服上沾满血渍和污迹。他轻微地摇晃着。

其他人都待在原地。

    杰夫
  把钥匙给我。

    雷德
   (尽力平息对方的怒火)
  等一下,先生。我不认识你,也不知
  道你想要什么——

    杰夫
  快把他妈的钥匙给我。

一片沉默。

    雷德
  先生——

    杰夫
  别叫我先生,你这个婊子养的。我老
  婆被锁在了你仓库的冷藏室里!把钥
  匙给我,不然我就把你的狗头打爆!

[第八章]

惊悚片谱系

🖉 惊悚片的血统

用来区别银幕故事类型关联表中每种类型特色的边界线，就像是网状过滤器，可以让不同类型的一些元素相互渗透，从一种类型扩散至另一种类型。在一种故事形式渗透到另一种故事形式的过程中，特定的元素会发生轻微的改变，整个关联表的篇幅也会发生变化。所以我们无法阻止常见于动作冒险片中的追车戏也会出现在其他类型片——比如更为一本正经且传统的核心冲突类电影中。

设想一对成年姐妹，她们彼此已经好多年没有讲话了，但因为母亲病危，不得不重新聚到一起。事实上，这就是核心冲突类戏剧或电影的一个典型模式，即在单个空间内完成整个故事。在剧场里，剧作家可以通过调度演员来帮助建立舞台情绪的张力并制造舞台情绪渐强（crescendo）的效果。不过，即便在如此静态的电影叙事中，电影编剧力图编织的依旧是动作，所以那对姐妹中的一人怒气冲冲、醉醺醺地咆哮着开车离开并不稀奇。姐妹中的另一人在经历了悔恨、担忧的情绪或采取了同样鲁莽的行为后，则可能在大街上急速地驱车追赶对方。如果这样一场追车戏出自一位技巧高超的编剧之手，它就会成为人物强烈的内心挫折的隐喻。然而，不能因为一部影片表面上具备一些动作冒险类型的情节元素就认为它是动作冒险片。

同样，自我实现的成就也不局限于主人公的目标是"更充实地活着"的一类故事。生理上活着的需求也伴随着自我发现的内在戏剧性需求。事实上，关于人生的故事就是努力去认清自己的过程，而戏剧性故事是给主人公施加一个巨大的即时压力，逼迫他在异乎寻常的环境中完成自我认知。正如我在《编剧的核心技巧》一书中所讨论的，戏剧情境中的主人公从另一个角度来说其实也是反派。也就是说，为了与人格化的对手做斗争，主人公必须首先重拾曾被他忽略的内在需求。一部好的惊悚片让观众感到满足，不仅仅是因为他们看到主人公逃脱了死亡或阻止了反派的阴谋，更重要的是在达成此目标的过程中，主人公被压力催逼着不断成长，逐步克服内心的恐惧。

所以，不仅是表面的人物行动可以在不同类型的影片中互通，一些起作用的戏剧性核心要素也被所有类型故事共享。就像鸟儿筑巢一样，电影类型也四处借用一些细绳、小树枝、装点的小饰物之类的东西来构建故事环境。初看之下，这些"鸟巢"好像大同小异，但仔细观察，可以发现每一种类的鸟所建造的巢都有各自不同的特点。

正如前文已经讨论过的，惊悚片是一种极难创作的类型。因为从审美角度来说，惊悚片的故事需要看起来高度逼真可信，但它又是所有类型中人为虚构程度最高的一种。这种不协调变得更令人费解是因为，惊悚片的生长土壤是从两种高度矛盾的电影类型中借用而来的：最理性、最严谨的侦探片和最具巧合性、最情绪化、最不严谨的恐怖片。

你也许该做些什么。
——萨姆·斯佩德（电影《马耳他之鹰》主人公）

说起电影中的经典侦探形象，我们会想到雷蒙德·钱德勒和达希尔·哈米特笔下的人物以及由他们衍生出的数以百计的 B 级片硬汉，当然还有阿加莎·克里斯蒂笔下反复出现的调查员们。然而，一名愤世嫉俗的私家侦探或厌世的警察其实并不是侦探片必须具备的元素。侦探片主人公的主要任务是寻找真相，在这类电影中承担这一任务的角色可以是一名医生、律师、科学家或工厂工人，只要他愿意站出来直面这份社会威胁。

《人间大浩劫》（*The Andromeda Strain*）和《超时空接触》（*Contact*）两部影片中，"侦探"的角色由科学家充当。《第六感》中则是心理治疗师，《大审判》（*The Verdict*）中是辩护律师，《丝克伍事件》（*Silkwood*）和《永不妥协》（*Erin Brockovich*）中是被激怒的人，《中国综合征》（*The China Syndrome*）中是电视记者。不过大多数情况下，银幕上的侦探片还是会出现一些警察形象的。《沉默的羔羊》用一个精神变态对另一个精神变态进行追击所产生的相互交织、令人迷惑的线索来展开故事；《洛城机密》(*L.A.Confidential*) 讲的是一桩充斥着贪污、堕落、阴谋的低俗罪案；《唐人街》则深入洛杉矶复杂纠缠、暗无天日的泥沼里。

所有这些侦探片的主人公们有什么相似之处呢？与动作冒险片中的主人公们不一样的是，侦探片的主人公们所具备的智力水平往往高于身体优势。他们必须在复杂的状况下寻得摆脱之道，而不是拼命杀出重围。当然，在某些特殊情况下，体力也是需要的，但动作冒险片中那种强烈的对抗显然超出了侦探片对主人公的要求。相比之下，侦探片更需要脑力，它邀请观众与剧中的侦探一起去解决谜团。

惊悚片继承了侦探片这种以理性分析来解决困境的模式。惊悚片的主人公必须在与对手的斗争中以智力取胜，除此之外别无他法。然而，侦探片和惊悚片主人公在解决难题时有着细微但关键的差异。

与动作冒险片类似，侦探片的主人公自愿地加入冲突——至少是对即将面对的困难有所准备。同时，侦探片的主人公与动作冒险片的主人公一样，都具备某种官方身份及专业能力：他们可能是医生、律师、警察，或合法介入争端的私家侦探。更重要的是，侦探身负道德责任，代表着一种不容侵犯的正义感，这些特质赋予了他们代表观众采取行动的"合法性"。

与此不同的是，惊悚片的主人公是在非自愿的情况下被迫介入争斗，所以他并不具备任何英雄气质或参与斗争的道德立场。主人公必须找回自己缺失的责任感，才能赢得代表社会行动的权利。

侦探片并不是关于打败所有邪恶力量的故事，它甚至不是关于正义的故事，它追求的是恢复平衡状态。侦探行业是一个被污染的、令人厌恶的与文明的软肋打交道的行业，但社会已经发展成了一个"恶性动脉瘤"，侦探的工作就是在"脓肿"蔓延到世界各地之前把它钳住。而惊悚片的主人公则不同，他们是孤单的先驱者，保护那些毫无防备的"社会集体"免受外部威胁。惊悚片中反派带来的威胁大多数是令人不安的背叛，如果不是受到来自主人公无心的阻碍，反派就会成功。在《异形》中，异形可能在反派的帮助下返回地球；在《秃鹰七十二小时》中，CIA内部的秘密阴谋集团可能获胜。只有在惊悚片主人公介入干预的情况下，这些欺骗性的诡计才能被揭发。

侦探片的主要叙事轨迹中，侦探本人的生死其实并不重要。为了达到目标，比如拯救某个人，侦探的生命在故事进行的任何时候都可能处于危险之中。故事的核心是解开谜团，而不是侦探的自保。不过，对于惊悚片的主人公来说，他的行为往往是出于个人利益的，因为从故事一开始，主人公的生命就已经处于危险之中了。

所以，侦探片和惊悚片的主人公各自抱着不同的原因进入戏剧情境，一个是为了保护他人或社会免受反派的威胁，一个则是为了自保。他们同样都面对着一个强大的反派人物，这个反派威胁着他们所生活的社会的安全。在各自的故事里，他们战胜对手的方式都必须更仰仗于智力而不是体力。然而，侦探片的主人公有渠道获得更多的资源或更强大的支持，而惊悚片的主人公不仅缺乏这些支援，他的道德责任意识也不会太强。在侦探片故事的发展过程中，主人公其实在不断地揭示更多的问题，包括怀疑自己的行为是否会对社会造成伤害。而惊悚片主人公在解决矛盾的过程中，获得了自己在故事开始时所不具备的责任感。

它活过来了！
——弗兰肯斯坦博士（电影《科学怪人》主人公）

当代恐怖类型电影是一代又一代的民间传说、童话故事以及异教神话等内容的直接产物，这些神话传说定义了人类在变幻莫测的宇宙中的凡人地位。直到罗马教会确立其在欧洲的统治地位之前，西方从中汲取叙事传统的异教文化一直生存于一个多神信仰的世界里。不同的神掌管着各自的领域，他们有的掌管人类，有的掌管河流，有的掌管天地……在占星家、预言家、魔法护身符和日积月累的民间智慧的帮助下，几代凯尔特人、皮克特人、撒克逊人以及数十个其他古老文明通过谈判平息了他们物质世界的混乱，并将未知的恐怖转化为有形的、人类可以直面的具象存在。

教会用遥远而抽象的上帝取代了这些异教诸神，使普通人再也无法通过将内心的恐惧具象为森林、土地和水的恶灵的方式安放自己的不安。教会将这些异教鬼怪和它们的仪式全部定义为无害的小精灵、小动物、被装饰的树木以及天真烂漫的节假日。可是，不可预知的恐惧仍旧困扰着人们的内心，这些恐惧从来都没有消失。

入此门者必当放弃一切希望。
——但丁《神曲》"地狱篇"

中世纪，在诗人但丁的《神曲》以及画家希罗尼穆师·博斯（Hieronymus Bosch）的画作《人间乐园》(*The Garden of Earthly Delights*)中，可怕的地狱折磨取代了原本的世俗欢乐，而且地狱之火被撒旦掌控，是造成一切世间疾苦的罪魁祸首。今天的恐怖类型片还在继续依循并使用着类似的想象，以此让观众战胜恐惧并找到摆脱恶魔控制的方法。

人类痛苦的根源是类似的，从这点上看恐怖片的主人公与惊悚片的主人公一样，都是脆弱的普通人。同时，与惊悚片的主人公一样，恐怖片的主人公在通常情况下也是非自愿地被迫投入与邪恶的对抗中。然而，与惊悚片主人公或多或少是随机地进入戏剧情境不同，恐怖片的主人公与侦探片的主人公更类似，他们在一定程度上需要为自己的困境负责。恐怖片的主人公违反了戒律，以某种形式破坏了规则，因此把恶魔带到这个世界。

在电影《吵闹鬼》中，主人公在印第安墓地旁建造房屋，这是对死亡的某种未知神秘力量的公然藐视；在《黑色星期五》中，孩子们嬉戏玩耍，擅自闯入道德和环境的禁区；在《惊情四百年》中，勒菲尔德对伯爵的溜须拍马让他在毫不知情的情况下被选为吸血鬼的代理人；《科学怪人》中的怪物是无底线科学探索的产物，它与《致命诱惑》（Fatal Attraction）中代表放纵性欲的产物的亚历克斯如出一辙。

恐怖片或惊悚片的主人公和每一个观众一样，在影片中面临着巨大的恐惧挑战。但恐怖片反派与惊悚片或侦探片反派之间却有着一个非常显著的差异：恐怖片的反派一般都不是人类，无论这个怪物是奇形怪状的野兽还是在化装舞会上伪装成人类的恶魔，这些反派都天生具有强大的邪恶能力。但是，如果这个反派是真正不死的，那么主人公无论如何也无法打败它，这样观众也就无法战胜内心的恐惧了。所以，反派必须具有某些弱点，这些弱点必须被主人公发现，就像吸血鬼害怕阳光、火把、镜子和十字架一样。如果没有这些克敌工具的帮助，人类就真的只能沦为恶魔卑躬屈膝的仆人了。

恐怖片的叙事轨迹依托于原始的恐惧。与惊悚片表现的悬疑感不同，恐怖片体现的是一种面对绝对强大的超自然怪物时迸发的灭顶恐慌。主人公在一个与世隔绝、孤立无援的环境中寻找反派时反复受到惊吓——也许是一条迷宫般的走廊，怪物有可能在任何时间突然出现在任何一个隐蔽之处。在最后，人类依靠足智多谋打败怪物，通过勇气、坚持、信念和才智战胜超自然的混乱。恶魔被打回它原来的世界，人类世界重归秩序。

✎ 类型谱系

下面的图表说明了相比动作冒险片，侦探片、恐怖片与惊悚片的"血缘"更亲近。

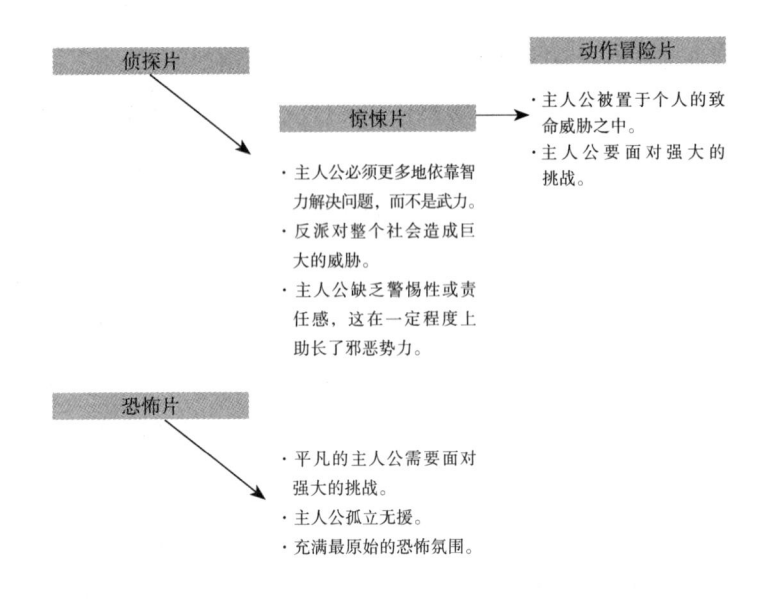

侦探片 → **惊悚片**
- 主人公必须更多地依靠智力解决问题，而不是武力。
- 反派对整个社会造成巨大的威胁。
- 主人公缺乏警惕性或责任感，这在一定程度上助长了邪恶势力。

动作冒险片
- 主人公被置于个人的致命威胁之中。
- 主人公要面对强大的挑战。

恐怖片 →
- 平凡的主人公需要面对强大的挑战。
- 主人公孤立无援。
- 充满最原始的恐怖氛围。

📝 外部直觉引起恐惧，有些事尚属未知

那么问题来了：为什么现在那么多电影喜欢把惊悚类的故事删减成畸形的动作冒险片？毫无疑问，主要原因之一是制片厂、明星、市场和资本堆砌的错觉。当然还有一个更主要的原因是惊悚片这一类型在含义上的模糊和不确定性。学者、评论家以及媒体宣传部门都偏向于将类似《失眠症》(Insomnia) 这样的电影当作惊悚片，然而这是一部关于武装职业警察奉命追凶的侦探故事。片子风格很强烈，导演很有水平，剧本也写得很棒，但除了其中少数场景包含一些悬念外，与真正的惊悚片没有任何相似之处。所有惊悚片故事都必须包含的内容是主人公内在的弱点，他必须在戏剧压力的推动下克服这个弱点。

大多数所谓的"惊悚片"并不是真正意义上的惊悚类型，因为主人公核心的成长历程没有在行动中展开，因此自我审视无从发生。这样的结果就是：即便这些故事在开始时似乎以惊悚片的模式展开，但最终的悬念也只能依靠配乐和摄影来支撑，比如电影《战栗空间》(The Panic Room)。

> 对于意志薄弱的人来说，邪恶的力量真是太强大了。
> ——勒菲尔德（《惊情四百年》中的角色）

其实，作为编剧和电影公司的管理者，我们缺的不是电影的

素材，而是记录时代罪恶的态度。塑造毫无价值的反派或大费周章地设计动作比揭露存在于世界各个角落里的隐秘的罪恶要容易得多。对于编剧或观众来说，一个戴着滑雪面罩的精神变态的形象已经是约定俗成的了，并不需要再多费心思。但这样的人物也就缺少了因真实的邪恶和威胁所产生的恐怖感。最糟糕的情况是，这类反派还承担了冷酷残暴的施虐狂的形象，而他的行为背后却没有任何个人哲学的支持。这些不知道为了什么而卑鄙下流的反派们，都缺乏一种迫使主人公去重新解读生活的核心动力。

　　换言之，这些伪惊悚片其实根本就没有内容。如果一部惊悚片不能让观众因为害怕而偷偷地回望身后，那么这部片子就没有打破观众对电影院之外的真实世界的感受。一部好的惊悚片基于一种危险而不祥的氛围，但如果编剧没能承担起为主人公制造这种氛围的责任，那么恐惧的回音就更不可能进入并改变观众的日常生活了。

第九章

经典惊悚片

任何电影类型都不会像小说、绘画、舞蹈或交响乐那样以最纯粹的形式存在。我们建构的假设、推测和范式是没有考虑实际创作时必然存在的所有变量的。在实际创作中，当编剧的手指悬停在键盘上思索时，与我们在银幕上寻找一个纯理论的叙事框架的愿景是不同的。

不过，如果能用最易于理解的范式表述惊悚片的叙事轨迹的话，经典惊悚片大概是这样的：

经典惊悚片

- 一位相对无辜且不太有担当的主人公，总是远离生活中的冲突，却在某一天突然陷入一个险恶的阴谋圈套。

- 主人公对局势一无所知，他无非是想回到正常的生活轨道上，但是强大的反派为了实现一个目标而决意追杀他。该目标不仅威胁到主人公，也威胁到整个社会。

- 主人公被难以控制的恐惧刺激，企图逃脱反派的掌控，然而他很快就发现，不仅逃脱是不可能的，从所谓的朋友或信任的组织那里获取帮助也是不可能的。

- 于是，主人公必须单独行动，获取自我保护的力量，并在智斗中以策略制胜反派。直到最终对决，主人公通过攻击反派的弱点和令其暴露邪恶，从而彻底战胜威胁。

- 主人公从冲突的回避者成长为足以独立解决威胁的人。现在，他必须以敏锐的警觉性面对更大的世界。

把惊悚片类型的本质浓缩成这样一个公式，显而易见是危险的。"经典惊悚片"并不是一份固定的配方，而是对所有惊悚片必要元素的汇总。

尽管可能没有一部特定的惊悚片会完美契合以上范式，但确实存在一个对任何类型来说都可以算得上完美无缺的例子，那就是欧内斯特·莱曼为《西北偏北》撰写的剧本。事实上，《西北偏北》甚至可以看作目前为止所有类型电影剧作中结构最完美的一部。

这部电影的真实成因很有趣。就如希区柯克的许多作品一样，《西北偏北》始于他想要拍摄某一场面的心愿："你知道，我一直梦寐以求，想拍一场横穿拉什莫尔山的追逐戏。"① 尽管《西北偏北》因希区柯克独特的导演手法受到广泛赞誉，但是该片节制朴素的开场段落同样证实了欧内斯特·莱曼的编剧才能。然而，即便是粗略地浏览一下莱曼的剧本，你也能发现对现在来说它已经完全过时。剧本里包含了大量不间断的长文本，几乎对银幕上的行动进行逐字逐句的描述。

如今的剧本倾向于字数较少但却能达到同样表达效果的描述。不过，和威廉·戈德曼一样，欧内斯特·莱曼也是从小说领域转来从事剧本写作的，且他与希区柯克合作密切，很多作品都出自与希区柯克的详细讨论。

同样地，虽然在问世近五十年后，《西北偏北》已经毫无疑问被奉为真正的经典，但电影中的一些特定风格还是不可避免地让当下的观众感到古怪。抛开诸如背景放映合成（rear-screen projections）等过时的制作水准不谈，即使这部电影是用现在的技术拍摄的，其过于雕琢的优雅都市氛围也无疑会显得不合时宜。不过，你必须记住阿尔弗雷德·希区柯克不仅是一位才华横溢的导演，同时也绝对是一位制片厂导演。他必须考虑让自己的电影与制片厂的顶尖人才合作，这往往意味着电影要按明星的形象来量身定做。明星加里·格兰特本人的吸引力也会成为一个独特的银幕亮点，无论故事本身如何，就算只是为了他，观众也会

---

① ERNEST LEHMAN. How the Hell Should I Know? Tales from My Anecdotage [J/OL]. The Magazine of the Writers Guild of America, 2001, 6-7(5/6).

蜂拥而至。因此,《西北偏北》中一些特定的场景就是为了让加里·格兰特展现个人魅力而设计的。

多亏欧内斯特·莱曼这位聪明的编剧,即使《西北偏北》中那些固定模式的场景也包含了许多必要的情节信息。事实上,我们之所以说《西北偏北》的剧本不仅仅是经典的惊悚片剧本,而且是有史以来最优秀的剧本,就是因为它里面的每场戏都包含了新的信息,每一场戏都必然地推动着情节的发展。莱曼层层建构的恐惧迷宫,最终把主人公引入不仅与对手、更是与自身的冲突之中——这种冲突是惊悚片的一个重要特点。

按照以下的故事大纲把《西北偏北》好好看几遍,你就能对惊悚片这一独特的电影类型有更深入、更全面的认知。

《西北偏北》故事大纲

编剧:欧内斯特·莱曼

第一幕
曼哈顿市中心区,麦迪逊大道挤满衣冠楚楚的人群。 旁白:"在一个拥有七百万人口的大城市,假如一个人从未被认成其他人过,难道不奇怪吗?"
罗杰·桑希尔,高大、清瘦,打扮文雅,身着新潮的灰色法兰绒西装。他对待生活得过且过,比较我行我素。
桑希尔与生意伙伴共进午餐。当他找了个借口从酒桌脱身去发电报给母亲时,站在角落里窥视的利希特和瓦莱里安把他认成了"乔治·卡普兰"。他们用枪顶着他,把他推进一辆等候的车里,拒绝透露他被带走的理由及去处。

第一幕（续前页）

桑希尔被带到纽约长岛的汤森别墅，在那里他见到一个男人，也就是菲利普·旺达姆，旺达姆也认为桑希尔就是乔治·卡普兰。旺达姆指责桑希尔撒谎，并质问他对"我们的计划"知道多少。当桑希尔表示一无所知时，旺达姆的私人秘书伦纳德，与利希特、瓦莱里安一起按住桑希尔，并给他灌下五分之一瓶的波本酒。

瓦莱里安和利希特把烂醉的桑希尔放到车的驾驶座上，并发动汽车让它在蜿蜒的山路上奔驰，希望制造出酒醉车祸的假象。但桑希尔努力控制住方向盘，车子歪歪曲曲地行进着，直到他被一名巡逻的警察拦截并逮捕。瓦莱里安和利希特偷偷地溜走了。

桑希尔、他的母亲、他的律师以及两名警察返回汤森别墅去核实桑希尔那荒诞离奇的故事。一个看起来像汤森太太的人告诉警察，桑希尔昨晚参加了派对，并在醉酒之后开车离开了。她说她的丈夫今天去联合国发表演讲。但是当桑希尔一行人离开别墅时，院子里的园丁，也就是瓦莱里安正在暗中监视着他们。

桑希尔和他的母亲用欺骗的方式溜进广场饭店里乔治·卡普兰的房间。酒店员工也把桑希尔当作卡普兰，因为他们从来不曾亲眼见过卡普兰先生本人。桑希尔在房间里发现一张从报纸上剪下来的别墅主人"汤森"的照片。

桑希尔去往联合国大楼。他假装自己是乔治·卡普兰，请求会见汤森。然而，当汤森先生出现的时候，桑希尔发现他和别墅里的那个男人并不是一个人。瓦莱里安在身后监视他们，桑希尔拿出"汤森"在报纸上的照片给汤森先生。突然汤森喘不过气来——接着倒在桑希尔的怀中，他的背上插着一把刀。桑希尔抓住死去的汤森，而他握刀的场景被一名新闻记者抓拍了下来。

第二幕

一群中央情报局人员在看报纸上桑希尔握刀的头条照片。他们对桑希尔被误认作不存在的乔治·卡普兰表示遗憾，但声称"为了保护我们真正的'情报员'，我们不能对他出手相救"。

桑希尔搭上去往芝加哥的火车。伊芙·肯德尔帮助桑希尔藏匿在她的卧铺隔间，躲过警察的追捕。但是，伊芙通过服务生给菲利普·旺达姆传了字条："早上怎么对付他？"

第二幕（续前页）
到了芝加哥，伊芙为桑希尔安排与"卡普兰"的会面。地点在一片乡下的玉米地里，桑希尔被一架喷洒农药的飞机袭击。他幸存下来，并返回去找到伊芙，准备见旺达姆。他追踪旺达姆等人至一个艺术品拍卖会现场，旺达姆正在竞拍一个藏着微型胶卷的小雕塑。桑希尔与旺达姆发生争执，伦纳德与瓦莱里安堵住桑希尔的去路，但桑希尔制造了一场骚乱并被警察逮捕出去。
在警车里，桑希尔承认自己就是警方追缉的逃犯。不过警察没有抓他进监狱，反而把他送去机场，安排他和教授（中央情报局小组首领）会面。
桑希尔了解到旺达姆有一个秘密的国际走私团伙，而伊芙实际上是中央情报局的探员。同时桑希尔与伊芙之间暗生的情愫已经将她置于险境。
为了让旺达姆相信卡普兰不再是个威胁，并让伊芙展现自己的忠心，教授在拉什莫尔山为桑希尔安排让伊芙用空枪射杀他的假死戏。
第三幕
假射杀后，桑希尔和伊芙见面。他们互相承认爱上对方，可是伊芙就要随旺达姆离开美国并永不回来了。桑希尔试图阻拦她，但教授给了他一拳，令他失去意识。伊芙离开并与旺达姆会合。
桑希尔逃脱教授的保护性监禁，去旺达姆的住处要带伊芙走。他发现伦纳德和旺达姆知道了伊芙是间谍并准备杀害她。
桑希尔成功将伊芙以及藏着微型胶卷的小雕塑从旺达姆与伦纳德那里带离出来。他们在被追杀的情况下徒步穿过树林，来到拉什莫尔山的山顶。
当他们试图爬下曲折不平的斜坡时，持续受到瓦莱里安和伦纳德的追击，伊芙不慎滑落。很快，教授安排的狙击手射杀了伦纳德。桑希尔紧紧拉着伊芙，试图将她从滑落的地方拉上来，然后——
镜头一转，桑希尔夫人（伊芙）坐在火车的上层卧铺，与桑希尔并肩同行，火车载着他们驶入夜色。

结　语

鸭言（Duckspeak）——不经过思考像鸭子呱呱叫一样说话。
——乔治·奥威尔（出自小说《1984》）

正如惊悚片中展现的，惧怕（fear）所造成的混乱不仅影响个人，而且往往影响整个社会。我们只要看看那些来自波斯尼亚、阿富汗、戈马[①]以及世界上许许多多地方的难民们的脸，就能看到在饱受战争或自然灾害后呈现出的对人类现实世界的漠然。

而当面对巨大的恐怖（terror）时，我们和羚羊、鳄鱼、灰熊或小猫没什么两样。不管引起我们恐惧的威胁是与生俱来的还是后天习得的其实并不重要[②]，大脑中控制防御反应的杏仁核对恐惧的威胁做出的反应是完全一样的。

[①] 戈马（Goma）是刚果民主共和国东部旅游城市，近卢旺达边界。20 世纪 90 年代中期，卢旺达内乱令该地治安混乱。——编注
[②] JOSEPH E LEDOUX. Synaptic Self: How Our Brains Become Who We Are[M]. Viking Press, 2002.

所以，人类和动物一样，不论是遇到饥饿的捕食者、窥见楼下窃贼夜间活动的脚尖、想起母亲斥责自己的声音，还是忆及恐怖袭击时的画面，我们都注定要一次一次地重复体验这种恐惧。所有生物的大脑杏仁核对于恐惧的反应都是一样的，它都会让你的身体立即警觉，进入到一种求生模式中，并毫不留情地关闭大脑中掌管理性思维的皮层。

与其他灵长类生物相比，人类进化出了一项独有的优势，但这也正成为我们受尽折磨的来源——我们可以谈论恐惧。我们能够描述自己的恐惧，并将它们讲成故事。语言是人类特有的能力，它让我们能够以叙事的方式重写现实、调节自己。作为个体，我们会细致地描述那些令人痛苦的经历，直到它以可接受的形式纳入我们的生活常态。如果我们不能成功地接纳它们，这些由未知的恐怖激发的惊恐情绪就会打乱我们的思维，并与其他怀疑和脆弱纠缠在一起，引起更强的恐惧。

与此类似的是，我们所在的社会也受到同样的威胁，强烈的恐惧情绪足以摧毁我们的文化。2001年，世贸中心的恐怖袭击令整个美国的民族精神跌入前所未有的低谷。[①] 当我们不顾一切地急于重建现实时，我们放任国家的"边缘系统"[②] 肆意运行，直到一些可能将社会意识降低为模糊概念的危险出现，譬如彩色标记的

---

① 例如，2002年3月5日的《华尔街日报》发表了《应对二度创伤》(*Bracing for Trauma's Second Wave*) 的文章。
② 高等脊椎动物中枢神经系统中的一部分，与情绪和记忆相关。——编注

恐怖警告，以及无处不在的警示标语。这类含糊的咒语就如奥威尔设想的"新话"①，它限制了观点的表达范围，架空了写作的文学价值，直到澄澈的思想成为接近不可能的存在。

　　自从爱尔兰僧侣在黑暗时代挽救了书面语②，作家们就成为澄澈思想的引路人。我们生活在一个语言的丰富性仍在遭受危险的时代，但同时这也是对故事有强烈需求的时代。因此，所有以作家身份自居的人都有责任不向模糊的妄言屈服，不发表未经推敲、含混不清的话语。就像惊悚片中的主人公一样，我们唯一的解救方法就是将自己刻意地置于新的现实的掌控之中，因为只有谨慎地运用语言，作家们才可能创造出可以克服恐惧、还原真实经验的有意义的故事。

---

① 新话（Newspeak），是乔治·奥威尔小说《1984》中设想的新人工语言。它是小说中虚构的大洋国的官方语言，被形容为"世界唯一会逐年减少词汇的语言"。
② 指加洛林文艺复兴时期。——译注

附录一
参考影片

序

《西北偏北》(North by Northwest, 1959), 导演: 阿尔弗雷德·希区柯克 (Alfred Hitchcock), 编剧: 欧内斯特·莱曼 (Ernest Lehman)。

《霹雳钻》(Marathon Man, 1976), 导演: 约翰·施莱辛格 (John Schlesinger), 编剧: 威廉·戈德曼 (William Goldman), 改编自戈德曼本人的同名小说。

《秃鹰七十二小时》(Three Days of the Condor, 1975), 导演: 西德尼·波拉克 (Sydney Pollack), 编剧: 小洛伦佐·森普尔 (Lorenzo Semple Jr.)、戴维·雷菲尔德 (David Rayfiel), 改编自詹姆斯·格雷迪 (James Grady) 的小说《秃鹰一百四十四小时》(Six Days of the Condor)。

第一章 谁编造的这些?

《本能》(Basic Instinct, 1992), 导演: 保罗·范霍文 (Paul Verhoeven), 编剧: 乔·埃泽特哈斯 (Joe Eszterhas)。

第二章 类型期待

《无因的反叛》(Rebel Without a Cause, 1955), 导演: 尼古拉斯·雷 (Nicholas Ray), 编剧: 斯图尔特·斯特恩 (Stewart Stern)。

《星球大战》(Star Wars, 1977), 导演、编剧: 乔治·卢卡斯 (George Lucas)。

《异形》(Alien, 1979), 导演: 雷德利·斯科特 (Ridley Scott), 编剧: 丹·欧班农 (Dan O'Bannon), 故事创意由丹·欧班农、罗纳德·舒塞特 (Ronald Shusett) 提供。

《黑客帝国》(The Matrix, 1999), 导演、编剧: 沃卓斯基姐妹 (The Wachowski Sisters)。

《第六感》(The Sixth Sense, 1999), 导演、编剧: M. 奈特·沙马兰 (M. Night Shyamalan)。

《普通人》(Ordinary People, 1980), 导演: 罗伯特·雷德福 (Robert Redford), 编剧: 阿尔文·萨金特 (Alvin Sargent)、南希·多德 (Nancy Dowd)。

《母女情深》(Terms of Endearment, 1983)，导演、编剧：詹姆斯·L. 布鲁克斯（James L. Brooks）。

《温柔的怜悯》(Tender Mercies, 1983)，导演：布鲁斯·贝雷斯福德（Bruce Beresford），编剧：霍顿·富特（Horton Foote）。

《钢木兰》(Steel Magnolias, 1989)，导演：赫伯特·罗斯（Herbert Ross），编剧：罗伯特·哈林（Robert Harling）。

《马文的房间》(Marvin's Room, 1996)，导演：杰里·扎克斯（Jerry Zaks），编剧：斯科特·麦克弗森（Scott McPherson）。

《不伦之恋》(In the Bedroom, 2001)，导演：托德·菲尔德（Todd Field），编剧：罗伯特·费斯汀格（Robert Festinger）、托德·菲尔德，故事创意由安德烈·迪比（Andre Dubus）提供。

《摩登时代》(Modern Times, 1936)，导演、编剧：查理·卓别林（Charles Chaplin）。

《将军号》(The General, 1926)，导演、编剧：巴斯特·基顿（Buster Keaton）、克莱德·布鲁克曼（Clyde Bruckman）。

《育婴奇谭》(Bringing Up Baby, 1938)，导演：霍华德·霍克斯（Howard Hawks），编剧：达德利·尼科尔斯（Dudley Nichols）、黑格·怀尔德（Hagar Wilde）。

《一笼傻鸟》(La Cage Aux Folles, 1978)，导演：埃德沃德·莫利纳罗（Edouard Molinaro），编剧：埃德沃德·莫利纳罗、弗朗西斯·韦贝尔（Francis Veber）、让·普瓦雷（Jean Poiret）。

《窈窕淑男》(Tootsie, 1982)，导演：西德尼·波拉克，编剧：拉里·格尔巴特（Larry Gelbart）、默里·西斯盖（Murray Schisgal）。

《尽善尽美》(As Good as it Gets, 1997)，导演：詹姆斯·L. 布鲁克斯，编剧：詹姆斯·L. 布鲁克斯、马克·安德勒斯（Mark Andrus）。

《倾听女人心》(What Women Want, 2000)，导演：南希·迈耶斯（Nancy Meyers），编剧：乔希·戈德史密斯（Josh Goldsmith）、凯茜·尤斯帕（Cathy Yuspa），故事创意由迪亚娜·德雷克（Diane Drake）、乔希·戈德史密斯、凯茜·尤斯帕提供。

《风月俏佳人》(Pretty Woman, 1990)，导演：加里·马歇尔（Garry Marshall），编剧：J.F. 劳顿（J. F. Lawton）。

《钢琴课》(The Piano, 1993)，导演、编剧：简·坎皮恩（Jane Campion）。

《理智与情感》(Sense and Sensibility, 1995)，导演：李安，编剧：艾玛·汤普森（Emma Thompson）。

《心灵捕手》(Good Will Hunting, 1997)，导演：格斯·范·桑特（Gus Van Sant），编剧：本·阿弗莱克（Ben Affleck）、马特·达蒙（Matt Damon）。

《泰坦尼克号》(Titanic, 1997)，导演、编剧：詹姆斯·卡梅隆（James Cameron）。

《红磨坊》(Moulin Rouge!, 2001)，导演：巴兹·鲁曼（Baz Luhrmann）编剧：巴兹·鲁曼、克雷格·皮尔斯（Craig Pearce）。

《机智问答》(*Quiz Show*, 1994), 导演:罗伯特·雷德福, 编剧:保罗·阿塔纳西奥(Paul Attansio)。

《烈火战车》(*Chariots of Fire*, 1981), 导演:休·赫德森(Hugh Hudson), 编剧:科林·韦兰(Colin Welland)。

《死囚漫步》(*Dead Man Walking*, 1995), 编导:蒂姆·罗宾斯(Tim Robbins)。

《肖申克的救赎》(*The Shawshank Redemption*, 1994), 导演、编剧:弗兰克·德拉邦特(Frank Darabont)。

《荒岛余生》(*Cast Away*, 2000), 导演:罗伯特·泽米斯基(Robert Zemeckis), 编剧:小威廉·布罗伊尔斯(William Broyles Jr.)。

《美丽心灵》(*A Beautiful Mind*, 2001), 导演:朗·霍华德(Ron Howard), 编剧:阿基瓦·戈德斯曼(Akiva Goldsman), 改编自西尔维娅·纳萨尔(Sylvia Nasar)的同名小说。

《唐人街》(*Chinatown*, 1974), 导演:罗曼·波兰斯基(Roman Polanski), 编剧:罗伯特·汤(Robert Towne)。

《马耳他之鹰》(*The Maltese Falcon*, 1941), 导演、编剧:约翰·休斯顿(John Huston)。

《非常嫌疑犯》(*The Usual Suspects*, 1995), 导演:布赖恩·辛格(Bryan Singer), 编剧:克里斯托弗·麦夸里(Christopher McQuarrie)。

《七宗罪》(*Se7en*, 1995), 导演:大卫·芬奇(David Fincher), 编剧:安德鲁·凯文·沃克(Andrew Kevin Walker)。

《沉默的羔羊》(*The Silence of the Lambs*, 1991), 导演:乔纳森·德姆(Jonathan Demme), 编剧:特德·塔利(Ted Tally), 改编自托马斯·哈里斯(Thomas Harris)的同名小说。

《科学怪人》(*Frankenstein*, 1931), 导演:詹姆斯·惠尔(James Whale), 编剧:加勒特·福特(Garrett Fort)、弗朗西斯·爱德华·法拉戈(Francis Edward Faragoh)、约翰·L.鲍尔德斯顿(John L. Balderston), 改编自佩姬·韦伯林(Peggy Webling)的舞台剧和玛丽·雪莱(Mary Shelley)的小说。

《惊情四百年》(*Dracula*, 1992), 导演:弗朗西斯·福特·科波拉(Francis Ford Coppola), 编剧:詹姆斯·V.哈特(James V. Hart)。

《黑色星期五》(*Friday the 13th*, 1980), 导演:肖恩·S.坎宁安(Sean S. Cunningham), 编剧:维克托·米勒(Victor Miller)。

《月光光心慌慌》(*Halloween*, 1978), 导演:约翰·卡彭特(John Carpenter), 编剧:约翰·卡彭特、德布拉·希尔(Debra Hill)。

《吵闹鬼》(*Poltergeist*, 1982), 导演:托布·胡珀(Tobe Hooper), 编剧:史蒂文·斯皮尔伯格(Steven Spielberg)、迈克尔·格赖斯(Michael Grais)、马克·维克托(Mark Victor)。

《天外魔花》(*Invasion of the Body Snatchers*, 1956), 导演:唐·西格尔(Don Siegel), 编剧:丹尼尔·梅因沃林(Daniel Mainwaring)。

《悍将奇兵》(*Breakdown*, 1997), 导演:乔

纳森·莫斯托（Jonathan Mostow），编剧：乔纳森·莫斯托、萨姆·蒙哥马利（Sam Montgomery）。

《双面女郎》(Single White Female，1992)，导演：巴尔贝·施罗德（Barbet Schroeder），编剧：唐·鲁斯（Don Roos）。

《勇敢的心》(Braveheart，1995)，导演：梅尔·吉布森（Mel Gibson），编剧：兰德尔·华莱士（Randall Wallace）。

《纳瓦隆大炮》(The Guns of Navarone，1961)，导演：J.李·汤普森（J. Lee Thompson），编剧：卡尔·福尔曼（Carl Foreman），改编自阿利斯泰尔·麦克莱恩（Alistair MacLean）的同名小说。

《空中监狱》(Con Air，1997)，导演：西蒙·韦斯特（Simon West）；编剧：斯科特·罗森堡（Scott Rosenberg）。

《拯救大兵瑞恩》(Saving Private Ryan，1998)，导演：史蒂文·斯皮尔伯格，编剧：罗伯特·罗达（Robert Rodat）。

《角斗士》(Gladiator, 2000)，导演：雷德利·斯科特，编剧：约翰·洛根（John Logan）、戴维·弗兰佐尼（David Franzoni）、威廉·尼科尔森（William Nicholson），故事创意由戴维·弗兰佐尼提供。

《罪与错》(Crimes and Misdemeanors，1989)，导演、编剧：伍迪·艾伦（Woody Allen）。

《莫扎特传》(Amadeus，1984)，导演：米洛什·福曼（Miloš Forman），编剧：彼得·谢弗（Peter Shaffer）。

《非洲女王号》(The African Queen，1951)，导演：约翰·休斯顿，编剧：约翰·休斯顿、詹姆斯·阿吉（James Agee），改编自C. S. 福里斯特尔（C. S. Forester）的同名小说。

《凶手就在门外》(Copycat，1995)，导演：乔恩·埃米尔（Jon Amiel），编剧：安·比德曼（Ann Biderman）、戴维·马德森（David Madsen）。

《盲女惊魂记》(Wait Until Dark，1967)，导演：特伦斯·扬（Terence Young），编剧：罗伯特·卡林顿（Robert Carrington）、简-霍华德·哈默斯坦（Jane-Howard Hammerstein），改编自弗雷德里克·诺特（Frederick Knott）的同名舞台剧。

第四章 叙事轨迹

《惊魂记》(Psycho，1960)，导演：阿尔弗雷德·希区柯克，编剧：约瑟夫·斯特凡诺（Joseph Stefano）。

《卡萨布兰卡》(Casablanca，1942)，导演：迈克尔·柯蒂兹（Michael Curtiz），编剧：朱利叶斯·J.爱泼斯坦（Julius J. Epstein）、菲利普·G.爱泼斯坦（Philip G. Epstein）和霍华德·科克（Howard Koch），改编自默里·伯内特（Murray Burnett）和琼·艾莉森（Joan Alison）的舞台剧《人人都去里克酒店》(Everyone Comes to Rick's)。

《国家公敌》(Enemy of the State，1998)，导演：托尼·斯科特（Tony Scott），编剧：戴维·马

尔科尼（David Marconi）。

《虎胆龙威》（*Die hard*，1988），导演：约翰·麦克迪尔南（John McTiernan），编剧：杰布·斯图尔特（Jeb Stuart）、斯蒂芬·E. 德索萨（Stephen E. de Souza），改编自罗德里克·索普（Roderick Thorp）的小说《好景不长》（*Nothing lasts forever*）。

《大白鲨》（*Jaws*，1975），导演：史蒂文·斯皮尔伯格，编剧：彼得·本奇利（Peter Benchley）、卡尔·戈特利布（Carl Gottlieb），改编自彼得·本奇利的同名小说。

第五章 有限世界

《原野奇侠》（*Shane*，1953），导演：乔治·斯蒂文斯（George Stevens），编剧：A.B. 小格思里（A.B. Guthrie Jr.）、杰克·谢尔（Jack Sher）。

《皇家密杀令》（*Into the Night*，1985），导演：约翰·兰迪斯（John Landis），编剧：朗·科斯洛（Ron Koslow）。

《擒凶记》（*The Man Who Knew Too Much*，1956），导演：阿尔弗雷德·希区柯克，编剧：约翰·迈克·海耶斯（John Michael Hayes），故事创意由查尔斯·贝内特（Charles Bennett）、D.B. 温德姆-刘易斯（D.B. Wyndham-Lewis）提供。

第六章 时间观

《宾虚》（*Ben-Hur*，1959），导演：威廉·惠勒（William Wyler），编剧：卡尔·通贝里（Karl Tunberg），改编自路易斯·华莱士（Lew Wallace）的同名长篇小说。

《无懈可击》（*Arlington Road*，1999），导演：马克·佩灵顿（Mark Pellington），编剧：埃伦·克鲁格（Ehren Kruger）。

第七章 人物气质

《异形2》（*Aliens*，1986），导演、编剧：詹姆斯·卡梅隆。

《沉默生机》（*Don't Say a Word*，2001），导演：加里·弗莱德（Gary Fleder），编剧：安东尼·佩卡姆（Anthony Peckham）、帕特里克·史密斯·凯利（Patrick Smith Kelly），改编自安德鲁·克拉文（Andrew Klavan）的同名小说。

《玻璃屋的秘密》（*The Glass House*，2001），导演：丹尼尔·沙克海姆（Daniel Sackheim），编剧：韦斯利·斯特里克（Wesley Strick）。

《最高危机》（*Executive Decision*，1996），导演：斯图尔特·贝尔德（Stuart Baird），编剧：吉姆·托马斯（Jim Thomas）、约翰·托马斯（John Thomas）。

第八章 惊悚片谱系

《人间大浩劫》（*The Andromeda Strain*，1971），

导演：罗伯特·怀斯（Robert Wise），编剧：迈克尔·克赖顿（Michael Crichton）、尼尔森·吉丁（Nelson Gidding），改编自迈克尔·克赖顿的同名小说。

《超时空接触》(Contact，1997)，导演：罗伯特·泽米斯基，编剧：詹姆斯·V. 哈特、迈克尔·戈登堡（Michael Goldenberg），改编自卡尔·萨根（Carl Sagan）的同名小说，故事创意由安·德鲁扬（Ann Druyan）和卡尔·萨根提供。

《丝克伍事件》(Silkwood，1983)，导演：迈克·尼科尔斯（Mike Nichols），编剧：艾丽斯·阿伦（Alice Arlen）、诺拉·埃夫龙（Nora Ephron）。

《永不妥协》(Erin Brockovich，2000)，导演：史蒂文·索德伯格（Steven Soderbergh），编剧：苏珊娜·格兰特（Susannah Grant）。

《中国综合征》(The China Syndrome，1979)，导演：詹姆斯·布里奇斯（James Bridges），编剧：麦克·格雷（Mike Gray）、T. S. 库克（T.S. Cook）、詹姆斯·布里奇斯。

《洛城机密》(L.A. Confidential，1997)，导演：柯蒂斯·汉森（Curtis Hanson），编剧：布莱恩·赫尔格兰（Brian Helgeland）、柯蒂斯·汉森，改编自詹姆斯·埃尔罗伊（James Ellroy）的同名小说。

《致命诱惑》(Fatal Attraction，1987)，导演：阿德里安·莱恩（Adrian Lyne），编剧：詹姆斯·迪尔登（James Dearden）。

《失眠症》(Insomnia，2002)，导演：克里斯托弗·诺兰（Christopher Nolan），编剧：希拉丽·塞茨（Hillary Seitz），改编自尼古拉·弗罗贝纽斯（Nikolaj Frobenius）和埃里克·斯柯比约格（Erik Skjoldbjærg）的剧本。

《战栗空间》(The Panic Room，2002)，导演：大卫·芬奇，编剧：戴维·克普（David Koepp）。

附录二
参考影片剧本版权说明

特别感谢以下编剧和版权所有者授权本书使用其剧本片段：

North by Northwest written by Ernest Lehman ©1959 Turner Entertainment Co. All Rights Reserved.

Shane written by A.B.Guthrie©1952, ©Renewed 1980, Paramount Pictures.All Rights Reserved.

Into the Night written by Ron Koslow ©1985 Universal City Studios, Inc. All Rights Reserved.

3 Days of the Condor written by Lorenzo Semple Jr. and David Rayfiel from the James Grady novel ©1975 Paramount Pictures Corporation. All Rights Reserved.

The Man Who Knew Too Much written by John Michael Hayes from the Charles Bennett and D.B. Wyndham-Lewis story ©1955 Filwite Productions, Inc.Renewed 1983 Samuel Taylor & Patricia Hitchcock O'Connell, as Co-Trustees. All Rights Reserved.

Single White Female written by Don Roos from the John Lutz novel ©1992 Columbia Pictures Industries, Inc. All Rights Reserved.

Breakdown written by Jonathan Mostow and Sam Montgomery from the Jonathan Mostow story ©1997 by Paramount Pictures. All Rights Reserved.

Enemy of the State written by David Marconi ©Touchstone Pictures

Marathon Man written by William Goldman ©1976 Gelderse Maatschappij N.V. All Rights Reserved.

Executive Decision written by Jim Thomas & John Thomas ©1996，Warner Bros.

关于作者

尼尔·D.克思，资深编剧，尤其擅长惊悚、动作冒险类型，一直在参与好莱坞以及欧洲、亚洲和中东地区的电影制作。透过电影，他将自己独特的文化洞察传达给了观众。他还曾参与创作根据印度史诗改编的动画片《摩诃婆罗多》，与获奥斯卡垂青的意大利影片《邮差》的主创团队合作新项目，以及为两部全球票房爆火的成龙电影《红番区》和《警察故事之简单任务》贡献力量。

尼尔同时是位纪录片创作者，为 A&E 有线频道，公共电视网以及历史频道创作节目。他还是位戏剧导演，参与制作了类型丰富、体裁多样的作品，如吉尔伯特和沙利文的《帝王》以及莎士比亚的《驯悍记》。他的原创舞台剧 UBO 曾在位于洛杉矶的爱迪生表演艺术中心首演。

尼尔所提出的类型概要分析，深入研究了隐藏在故事表象下的类型特点，揭示了能令观众一眼识别不同电影类型的核心元素。

尼尔曾荣获 UCLA 编剧推广计划的杰出讲师奖。他在北美、亚洲、欧洲众多的大学和机构里举办专业编剧写作与口头交流会。

他创办了 Word-Wer X 传媒咨询公司，面向商务和专业人士，提供与文档、媒体以及公共演讲有关的设计服务，并为讲英语和以英语为母语的人士提供以发音和口语为主题的研讨会和个人指导。

尼尔一直在众多公众和专业组织中任职，包括加利福尼亚克恩县的行为健康委员会和 TVHD 医院顾问委员会。他是 FEMA（美国联邦应急管理署）认证的紧急灾难工作者，并持有 FCC（美国联邦通讯委员会）无线电许可证。

出版后记

"惊悚片剧本是最难创作的一类电影剧本。"尼尔·D. 克思在本书的写作中曾不止一次地发出过这样的感叹。为什么难？因为解码惊悚片的视觉图谱、类型要素以及厘清类型边界不是一件易事，市面上大多所谓的"惊悚片"只是披着惊悚的外壳，内核依旧是动作冒险片、侦探片抑或恐怖片。

为了破除大众的迷思并给予惊悚片创作者们最确切的创作指导，尼尔·D. 克思在前作《编剧的核心技巧》提供的类型框架基础之上，继续在本书中重点讲解了那些看似不起眼，实际却对惊悚片剧本起重要作用的元素。同时从文化、心理、类型演变的角度深入探索现代人需要惊悚片的理由。银幕上惊悚片产生的让人不安的效果，一方面帮助大众释放了现实生活中的压力，另一方面它又破坏了你我已习惯的日常现实，令人有所戒备和警觉。

同时，此次《如何写惊悚片》中文版的面世，也填补了当前中文电影图书市场上类型片剧作书的空缺。在此，要特别感谢陈晓云老师为我们引荐译者，推动了本书的出版。

鉴于本书包含了大量的表格、示意图，我们在编辑的过程中，遵循原书的版式，尽量符合中文的阅读习惯和出版标准，尽可能做了清晰明了的呈现。此次我们还将同步出版《如何写动作冒险片》，并计划继续推出喜剧片、科幻片等创作指南，为读者提供丰富的类型写作参考书，敬请期待。

为了开拓一个与读者朋友们进行更多交流的空间，分享相关"衍生内容""番外故事"，我们推出了"后浪剧场"播客节目，邀请业内嘉宾畅聊与书本有关的话题，以及他们的创作与生活。可通过微信搜索"houlangjuchang"来获取收听途径，敬请关注。

服务热线：133-6631-2326　188-1142-1266

服务信箱：reader@hinabook.com

后浪电影学院

2021年7月

图书在版编目（CIP）数据

如何写惊悚片 /（英）尼尔·D.克思著；余韬，钟芝红译.-- 北京：中国友谊出版公司，2021.9

书名原文：Writing The Thriller Film:The Terror Within

ISBN 978-7-5057-5280-1

Ⅰ.①如… Ⅱ.①尼…②余…③钟… Ⅲ.①电影剧本—创作方法—教材 Ⅳ.①I053.5

中国版本图书馆CIP数据核字(2021)第153587号

著作权合同登记号 图字：01-2021-4694

Writing the Thriller Film: The Terror Within by Neill D. Hicks
Copyright © 2002 by Neill D. Hicks
This edition arranged with Neill D. Hicks
Through Big Apple Agency, Inc., Labuan, Malaysia
Simplified Chinese edition copyright © 2021 Ginkgo (Beijing) Book Co., Ltd.
All rights reserved.
本书中文简体版权归属于银杏树下（北京）图书有限责任公司

书名	如何写惊悚片
作者	［英］尼尔·D.克思
译者	余 韬 钟芝红
出版	中国友谊出版公司
发行	中国友谊出版公司
经销	新华书店
印刷	嘉业印刷（天津）有限公司
规格	880×1194毫米 32开 5.375印张 103千字
版次	2021年9月第1版
印次	2021年9月第1次印刷
书号	ISBN 978-7-5057-5280-1
定价	38.00元
地址	北京市朝阳区西坝河南里17号楼
邮编	100028
电话	（010）64678009

《如何写动作冒险片》

★ 拒绝吹嘘，拒绝华而不实，拒绝神奇法则！
★ 结合逾百部最地道的动作冒险片例
★ 正本清源，直击动作冒险类型本质
★ 动作冒险是故事的终极存在，是讲故事的基础
★ 动作冒险类型畅销编剧教材，首次引进

专业的剧本写作不是信笔拈来、随手涂鸦，而是有节制的灵魂流露。

——尼尔·D. 克思

内容简介 | 动作冒险片是美国电影工业一直以来最持续受欢迎的出口类型，跨越不同地域、社会、文化、语言的隔阂，在全世界有着庞大的观众基础。对于编剧而言，剧本是否成功满足了该类型观众期待，仅依靠写出几场紧张刺激的追逐戏、打斗戏，是远远不够的。

作为动作冒险片的实战专家，本书作者直击本质、正本清源，深究该类型起源发展、故事基础、价值核心、构成条件，揭示界定其内容与风格的关键元素，结合逾百部最地道的片例，提供独具特色的"银幕故事类型关联表"以及相对应的一整套框架体系，助你写出让观众共情的角色与故事。

电影学院 191
著者：尼尔·D. 克思
翻译策划：陈晓云
译者：缪贝
校译者：余韬
定价：40.00 元
出版时间：2021年10月（估）

动作冒险片类型关联表

共性 | 一个关键时刻,主角必须冒着死亡的危险才能坚持一个原则、一种信仰或一项正义的事业。

案例 | 西部片《大地惊雷》、战争片《拯救大兵瑞恩》、警匪片《空中监狱》、科幻片《独立日》……

○ 叙事轨迹:主人公自愿接受一项不可能的任务,他需要从敌方围攻中拯救社会,并且愿意为了一种社会公认的荣耀献出生命。

○ 有限世界:故事发生的环境是开放的,便于动作场面的展开,并且超出观众的日常体验。

○ 真实时间:通常需要花上几个星期、几个月,甚至几年时间才能建立这种一触即发的战势格局,必须采取果断行动来打破这种格局。

○ 人物气质:主人公在紧要关头愿意为某种信条、准则、社会和价值牺牲自我,他将与道德立场截然不同的反派决一死战。

我想市面上没有这样的书。克思是一位有成就的编剧,同时有真实的动作冒险片创作经历。他分享他的知识和见解,除此之外,他真的知道自己在说什么。这是任何编剧都必读的书。

——克里斯托弗·魏纳,"编剧乌托邦"网站创始人

克思把对动作冒险片的历史和文化基础的广泛探索,锤炼成一本可随身携带的实用手册,探讨了为什么动作冒险片是唯一最受欢迎、最持久、最可输出的电影类型。

——达夫妮·沙雷特,《剑与玫瑰》作者,"剧作家"网站主席

《编剧的核心技巧》(修订版)

★ 好莱坞老牌编剧,以超过二十年的创作经验,提出审视故事构想的技巧,教你学习如何以"编剧"的身份来思考。

★ 由参与《红番区》《警察故事之简单任务》等类型片创作所得经验,讨论故事类型,注重从创作之初把握剧本方向。

★ 从基本写作谈起,循序渐进地分析如何建立剧本叙事上的合理性与完整度。

★ 引用多部剧本扎实的获奖影片作范例,分析实用创作技法,总结核心技巧,迅速把握编剧之道。

电影学院 020
著者:尼尔·D.克思
译者:廖澹苍
书号:ISBN 978-7-5502-6311-6
出版时间:2016 年 2 月
定价:29.80 元

内容简介 | 本书作者为资深编剧、美国多所学校编剧课程教师,他以自己多年的创作经验为基础,提出审视故事构想、理顺银幕故事脉络的十要素,教读者循序渐进,实现叙事上的合理与完整;他主张从编剧角度、以编剧的思维方式来思考,讨论故事的类型,使创作者自剧本写作之初就能够对剧本方向有清晰的思考与把握;他探讨故事的角色和动机,致力于保证剧本从故事的原始驱动力到文本呈现均保持合理、周详又独特。本书语言幽默,充满智慧,是影视剧本写作入门必读之书。